비공개
2인 카페

작가의 말

비공개 2인 카페에 초대합니다

비공개 2인 카페는 인터넷 카페입니다. 회원이 누구누구인지는 비밀이에요. 와 보면 바로 알 수 있으니 걱정하지 말아요. 비밀은 영원하지 않다는 거 알고 있기에 모든 것을 밝히려고 오픈했습니다.

비공개 2인 카페는 오래전에 장난스럽게 만들어졌다가 최근에 다시 문을 열었어요. 2인 카페인데 어떻게 많은 사람을 초대하느냐고요? 다 방법이 있어요. 회원이 많으면 많을수록 좋다는 것을 여러분도 곧 알게 될 겁니다. 비공개 2인 카페는 여러분의 관심이 필요합니다. 저는 여러분과 함께 만들어나갈 우리 모두의 카페로 키워나가고 싶습니다.

비공개 2인 카페에는 슬프면서도 웃기고 재미있으면서도 기발한 이야기가 저장되어 있습니다. 주인공은 그 이야기를 아래층에 사는 친구 연주에게도 다 말하지 않았어요. 가족의 비밀이고 주인공 미형의 비밀이기 때문입니다. 여러분이 일단 이 카페로 발을 들여놓으면 나가고 싶지 않을지도 몰라요. 따뜻하면서도 재미있는 이야기에 매혹되고 말 테니까. 배꼽이 빠질 수도 있으니 주의해야 합니다. 친구와 같이 오면 더 즐겁게 시간을 보낼 수 있어요. 여러분의 친구도 비공개 2인 카페를 좋아하게 될 거라고 믿어요.

이 카페를 개설하게 된 이유를 조금만 말해 줄게요.

이 책의 주인공 미형은 독특한 환경에 처해 있어요. 엄마 아빠가 모두 호주에 가 계시거든요. 호주에 살던 외할아버지가 행방불명되어 찾으러 갔습니다. 미형이는 친할머니와 둘이 살아요. 그런데 어느 날 문제가 생겼어요. 집 안에 누수가 일어나 수리할 일이 생긴 겁니다. 물이 샌다고 미형이가 투덜거리고 짜증을 내고 욕하면 할머니는 정색합니다. 어디 감히 집한테 욕을 하느냐며 당장 엎드려 사과하라고 옆구리를 찌릅니다. 여러분은 이게 말이 된다고 생각하나요? 안방과 거실, 화장실, 베란다로 이루어진 것이 집인 줄 알았는데 할머니가 생각하는 집은 전혀 다른가 봐요. 미형이는 그게 참 이상했습니다.

그런데 가만히 생각해 보면 카페도 그렇잖아요. 동네에서 커피를 파는 가게도 카페지만, 인터넷에서 우리가 만나 수다 떠는 공간도 카페예요.

그렇다면 할머니가 상상하는 집을 인터넷에다 만들어 보면 어떨까. 그게 제가 2인 카페를 만든 이유랍니다. 미형이네 인터넷 집 주소는 〈아궁이가 있는 집〉이에요. 기왕 인터넷에다 집을 지었으니 행방불명된 외할아버지를 찾아 나서야겠어요. 호주로 직접 가서 찾는 것보다 더 빠르고 정확할 거라고 믿고 있어요.

이 모든 것을 중학생인 미형이가 계획하고 추진합니다. 외할아버지는 과연 인터넷 카페에서 미형이가 부르는 소리를 알아듣고 대답해 올까요? 아니, 미형이는 고장 난 집을 수리할 수 있을까요?

전국의 중고등학교 학생 여러분!

다가오는 여름에 우리 모두 비공개 2인 카페에서 반갑게 만나요. 기다릴게요.

아차산 아래에서 남상순

비공개 2인 카페

1판 1쇄 | 2020년 7월 24일

글 | 남상순

펴낸이 | 박현진
펴낸곳 | (주)풀과바람
주소 | 경기도 파주시 회동길 329(서패동, 파주출판도시)
전화 | 031) 955-9655~6
팩스 | 031) 955-9657
출판등록 | 2000년 4월 24일 제20-328호
홈페이지 | www.grassandwind.co.kr
이메일 | grassandwind@hanmail.net

편집 | 이영란
디자인 | 박기준
마케팅 | 이승민

값 13,000원
ISBN 978-89-8389-854-8 43810

※ 잘못 만들어진 책은 구입처에서 바꾸어 드립니다.

CIP제어번호 : CIP2020021745
이 도서의 국립중앙도서관 출판예정도서목록(CIP)은 서지정보유통지원시스템 홈페이지(seoji.nl.go.kr)와
국가자료공동목록시스템(www.nl.go.kr/kolisnet)에서 이용하실 수 있습니다.

• 이 책은 2018년 아르코문학창작기금 수상 작가의 작품입니다.
• 이 책의 일부는 2019년 토지문화관 문인 창작실에서 집필되었습니다.

비공개
2인 카페
남상순 · 글
풀과바람

일러두기

- 모바일 메신저 대화나 문자 메시지에 적용된 아이콘입니다.
- 온라인 모임 카페 작성 글이나 댓글에 적용된 아이콘입니다.

차례

새벽의 불청객

어느 시인의 책 제목에 '오늘 아침 단어'라는 것이 있다는 걸 알았을 때 신기하고 이상하다는 느낌을 받았다. 언제부턴가 미형에게도 아침마다 단어 하나가 찾아와 마음을 두드렸다. 타이머를 맞춰 놓고 자면 그 시간보다 10분 일찍 눈뜨는 습관이 붙어 그런 것 같다. 이런 생각 저런 생각으로 뒹굴뒹굴하는 그 시간은 미형이 하루 중 가장 아끼는 고귀한 시간이다. 그러다가 알람이 울면 단어고 뭐고 생각할 겨를 없이 코피가 나도록 서둘러야 한다.

회색캥거루.

오늘 아침 미형을 감싸고 돈 단어는 회색캥거루였다. 바보처럼 순한 눈과 젖꼭지가 부착된 새끼주머니에 새끼를 넣고 식물의 땅속줄기를 뜯어 먹다가 무엇엔가 놀라 겅중거리며 달아나는 모습이 뒤이어 나타났다. 캥거루는 경쾌하게 움직였지만 구름이 잔뜩 낀 얼굴이었고 늙은 사람에게서 발견되는 말도 안 되는 고집스러움을 덮어쓰기 당한 것 같았다. 생각이 거기까지 갔는데도 알람이 울지 않아 혹시 잘못 설정해 놓았나 확인할 요량으로 휴대 전화를 끌어당길 때였다.

"쾅쾅쾅!"

인터폰이 울림과 동시에 누군가 거친 주먹으로 현관문을 마구 두드렸다. 7시도 되지 않은 아침 시각에 누가 저따위로 남의 문을 두드리나. 이불을 푹 뒤집어쓰는데 알람이 울어 재빨리 끄고 일어나 거실로 나갔다. 하품하고 머리를 벅벅 긁으면서 화장실로 가다가 기겁하고 놀라 방으로 도로 들어왔다. 떼로 몰려든 아저씨, 아줌마들이 현관에서 쏟아져 들어왔는데 거기에는 4층에 사는 연주 엄마도 끼여 있었다. 도대체 무슨 일이지?

"물부터 잠그세요."

자기들끼리 말을 주고받더니 한 사람은 싱크대 아래를 들여다보았고 다른 사람은 화장실로 들어갔으며 또 다른 사람은 화장실 옆 작은 방을 살폈다. 넋이 나간 할머니는 겨우 정신을 차리고 401호 연주 엄마를 잡고 늘어졌다.

"아이고 무슨 일이라? 도대체 왜 이래여?"

"물이 새요, 할머니. 우리 집 천장 벽지가 축축하게 내려앉았어요."

그 순간 미형이 끼어들면서 다른 아줌마에게 누구냐고 물었더니 302호라고 했다. 여태 그것도 몰랐냐는 표정으로 황당해했지만 미형이 더 황당했다. 401호에 물이 새는데 왜 302호가 나타나 앞뒤 없이 설치는지 이해가 되지 않았다. 미형으로서는 본 적 없는 얼굴이지만 대화가 오가는 상황으로 보아 할머니는 그 아줌마를 아는 것 같았다.

"물이 어쨌다고?"

"4층으로 내려가 한번 보실래요?"

아저씨, 아줌마들이 할머니를 아래층으로 데려갔다. 미형은 지각하지 않으려면 서둘러야 한다는 사실도 잊어버리고 4층으로 따라갔다. 연주와 연주 동생은 방 안에 숨어 있는지 모습을 드러내지 않았다.

"이것 좀 보세요."

연주 엄마가 사람들을 부엌으로 데려가 천장을 가리켰다. 이미 축축해진 벽지가 아래로 봉긋하게 내려앉으면서 물주머니를 만드는 중이었다. 긴 설명은 필요 없었다. 또다시 누수에 휘말리고 만 것이다. 여기서 멀지 않은 아파트에 살았을 때 이미

지겹게 경험한 적이 있었다. 오래전에 준공된 아파트여서 사흘거리로 하자가 발생했고 주민들 간의 싸움으로 비화한 적도 여러 번이었다. 물이 새면 고치면 그만이지만 말처럼 간단하지 않았다. 하자가 생긴 것을 빌미로 그동안 쌓인 난제를 한꺼번에 해결하려는 얌체족도 없지 않았다. 한번은 엄마가 누수 신고를 받고 아래층으로 내려갔더니 젊은 새댁이 집 안의 벽지를 모조리 뜯어 놓고 도배를 새로 해야 한다며 비용을 청구했다. 엄마가 물이 흘러내린 부분을 손으로 가리키며 이 부분만 해결하면 되는데 왜 온 집 안 도배를 새로 하는 것이며 그 비용을 왜 우리가 변상해야 하느냐고 물었더니 새댁이 말했다고 한다.

"전 성격이 예민해서 도배지 무늬가 다르면 잠을 못 자요."

엄마는 도배 비용을 못 주겠다며 버텼지만 경비와 관리 사무실까지 가세해 밀어붙이는 데에는 당해낼 재간이 없었다. 미형은 그때 처음으로 우리가 사는 집들이 온전하지 못하다는 것을 알았다. 아무리 멀쩡하고 가격이 비싸도 이런저런 하자에 시달릴 수밖에 없는 것이 집이었다.

"부모님이 지금 해외에 계세요. 오시면 의논드리라고 할게요."

그건 사실이었고 좋은 핑계였다. 팔순에 가까운 할머니와 겨우 중학생인 미형이 누수 문제에 있어 어떤 역할을 할 수 있단 말인가.

"그러니 모두 나가 주세요."

401호 천장을 확인하고 다시 미형네로 몰려와 앉을 자리를 찾는 사람들에게 당당히 소리쳤다. 자신은 학교에 가야만 하고 거의 지각이라는 사실도 환기시켰다.

"얘, 지금 학교가 문제야?"

401호 연주 엄마의 안면 몰수 발언에 입이 딱 벌어졌다. 바쁘게 직장을 다니다 보니 자기 딸과 미형이 같은 학교 학생이라는 사실은 모르거나 까먹은 눈치였다.

"학생이니까 머리는 있을 테니 생각해 봐. 방금 내려가서 봤잖아. 우리 집으로 물이 떨어져 내리고 있는데 부모님이 해외에서 돌아올 때까지 기다리라고? 학교에 가야 한다고?"

억누르고 절제했던 감정이 "학교에 가야 한다고?" 부분에 이르러 요란하게 갈라지면서 쇠 가는 소리로 바뀌자 하릴없이 기가 꺾이면서 다리에 힘이 풀렸다. 한마디만 더하면 머리끄덩이를 잡힐지도 모른다는 생각이 들 정도로 분위기가 험악했다. 물이 새는 건 알겠는데 왜 이렇게 화를 내나. 집이 새는 게 아니라 집을 잃어버린 사람의 분노가 아닌가.

"지금부터 거실 화장실 사용 안 하면 되잖아요. 안방에도 화장실이 있으니까 그것만 사용할게요."

그렇게라도 시간을 끌다 보면 401호 천장은 마르고 부모님은 돌아오실 것이다.

"오후에 학교 다녀와서 엄마한테 상의하고 다시 말씀드릴게요."

미형의 제안을 3층 사람들이 옹호한 덕에 겨우 현관문을 닫을 수 있었다. 모바일 인터넷 전화 연결 버튼을 누르면서도 받을 거라고 기대하지 않았으나, 다행히 엄마의 가라앉은 음성이 전화기 저편에서 들려왔다. 미형은 곧장 본론을 꺼냈다.

"엄마, 방금 우리 집에서 물 샌다고 아저씨, 아줌마들이 몰려와 난리 피우다 갔어."

자초지종을 짧게 설명했는데 엄마는 이내 알아들었다.

"하이구야, 간을 울매나 조렸는동 아나."

옆에서 할머니가 그렇게 코러스를 넣어 더 잘 이해되었는지도 모른다. 평소 같았으면 할머니는 절대 그런 코러스를 넣지 않았을 것이다. 며느리가 상식적이지 않아 멀쩡한 자기 아들까지 버려놓았다며 평소에는 말도 잘 섞지 않는 관계였으나 미형이 혼자 지내게 내버려 둘 수 없다는 현실을 받아들이고 둘째 아들네로 들어와 밥해 주기를 자청한 할머니였다.

"집은 원래 시간이 흐르면 조금씩 무너져 내려."

엄마가 남의 일처럼 말하면서 물러가고 아빠가 전화기를 가로챘다. 화장실이래? 물 떨어지는 건 직접 봤어? 아빠는 요지에 해당하는 간단한 질문으로 상황 파악을 끝내더니 해결책을 제시했다.

"이모를 불러라."

바통이 다시 엄마에게 돌아갔다.

"지금 여기 상황이 복잡해서 우리 둘 다 못 들어가거든. 이모한테 내가 연락해 둘 테니까 그렇게 알고 얼른 학교 가."

"이모라고? 북자 이모?"

믿어지지 않아 진심으로 하는 말이냐고 되묻고 싶었지만 학교에 가기 위해 통화를 끝냈다. 아무것도 안 먹고 입은 구강 청결제로 헹구고 정류장으로 달려가는데 안심이 되기는커녕 사건이 더 커지는 느낌을 받았다. 큰집 작은집도 있고 다른 이모도 있는데 어리바리한 북자 이모를 누수 해결사로 파견하는 것은 아무래도 실수 같았다. 아저씨, 아줌마들한테 잘못 걸리면 문제 해결은커녕 싸움만 커진다. 누수는 그런 일을 만들고도 남는다. 북자 이모는 안동에 있는 국립대학교 시간 강사다. 독신이라는 것은 장점이라기보다는 불리한 점인 것 같았다.

"아무것도 모르는 학생들은 깍듯하게 교수님이라 부르지만 제 밥벌이도 힘들어."

엄마가 했던 말이 또렷이 기억났다. 외할아버지가 아침나절

타일을 잘 붙이고 점심 먹으러 나갔다가 돌아오지 않고 행방불명되어 다른 이모와 외삼촌들은 허둥지둥 호주로 몰려갔지만 큰외삼촌과 북자 이모는 안 가고 버텼다. 북자 이모는 외가라는 공동체와 깊이 엮이기를 꺼려서 무슨 일이 생길 때마다 욕이란 욕은 혼자 다 먹어 욕받이로 불렸다. 그런 사람이 심상치 않은 아저씨, 아줌마들을 감당할 수 있을까.

보통도 안 되는 일

교실로 들어가다가 하필이면 연주와 맞닥뜨릴 뻔했다. 학생회 선도부인 애가 이 시간에 교문이 아니라 화장실에서 나오는 이유를 모르겠다. 그것도 7반인 애가 2반 앞에 있는 화장실에서 말이다. 오늘은 말을 걸고 싶은 기분이 아니어서 연주가 우리 교실을 지나 자기네 교실 쪽으로 갈 때까지 계단참에서 시간을 끌었다.

'401호 아줌마가 스파이로 파견했나?'

말도 안 되는 피해 의식이 밀려와 스스로 혀를 차면서 자리에 앉았다. 소심한 복수라도 해야 할 것 같아 궁리하다가 앞으로 연주와 연주 엄마를 회색캥거루라 부르기로 맘먹는다. 못생긴 엄마 회색캥거루와 새끼주머니에 고립된 채 손가락이나 빨고 있는 새끼 회색캥거루. 하지만 뒷자리 민정이한테 캥거루라는 별명 어떠냐고 물었더니 "귀엽네." 했다. 그러고는 "내가 제일 좋아하는 캐릭터가 이거잖아." 하면서 가방에 매달아 놓은 캥거루 액세서리를 보여 준다. 뭘 해도 안 풀리는 날이 있다. 미형의 눈에는 얼굴에 먹구름을 잔뜩 쓰고 있는 게 캥거루인데 누구에게는 귀여움을 넘어 좋아하는 대상이라니. 그래도 캥거루라고 생각할 거다. 사람마다 저마다의 캥거루가 있을 테니까.

어렵게 짬을 내 민정이한테 지각할 뻔한 사연을 말해 줬는데 반응이 시원치 않았다.

"어, 그래? 그렇구나."

건성으로 대꾸하면서 계속 휴대 전화만 들여다보았다. 정수리를 한 대 때려줄까 하다가 참았다. 그런 무심한 반응은 미형이가 더 많이 했다. 준 만큼 받는 셈이다. 그러다가 눈치챘다. 민정이가 눈에 아이라인을 그렸다는 것을.

"오, 괜찮은데?"

회색캥거루도 수행 평가도 잊고 눈 화장 잘하는 방법을 교환하기 위해 의기투합했다. 리퀴드 타입의 글리터 아이섀도를 눈밑에 살살 발라 주고 별 모양으로 포인트를 주거나 눈꼬리 부분에 색깔을 잘 칠하면 안 예뻐 보이는 얼굴이 없다고 했더니 이렇게 반발했다.

“그거야 네 눈에는 쌍꺼풀이 없으니까 그렇지. 나처럼 진하고 예쁜 쌍꺼풀에는 그런 낙서 완전 테러거든.”

그러고는 눈을 깜빡깜빡하는 것이었다. 너무 유치했지만 미형은 은근슬쩍 정색하며 맞대응에 나섰다.

“뭐 낙서?”

“음식을 생각해 봐. 재료가 후지니까 조미료를 치는 거야. A급 재료에 조미료가 웬 말이니?”

“어우, 알 까는 소리 하고 있네.”

한 방 먹이고 기가 막힌다는 듯이 잽싸게 앞으로 돌아앉았다. 요즘 민정이 모바일 메신저 상태 메시지 “알아요 알아요… 제가 원래 좀 예뻐서요.”는 일주일이 지났는데도 바뀌지 않아 안 그래도 배알이 꼴리던 참이다. 그것까지 화제로 삼아 일침을 날릴까 하는데 마침 담임이 조회를 하려고 교실로 들어왔다.

담임은 들고 온 것들을 교탁에 내려놓고 뒤적뒤적하다가 종이 한 장을 빼서 치켜들었다.

“가만있자, 수학여행비 입금 안 된 게 누구누구였더라….”

갑자기 호명이 시작되었는데 거기에 미형의 이름도 끼여 있었다.

“행정실에서 연락받아 전달하는 거니까 세 사람 모두 엄마한테 입금하시라고 전해 드리고."

담임은 돈 문제인 만큼 아무것도 아니라는 말투를 하려고 최대한 애쓰면서도 할 이야기는 다 했다. 담임이 딴 데 보는 사이 잽싸게 한 번 노려보고 나서 조용히 휴대 전화를 꺼냈다. 메신저 친구 목록에서 엄마를 찾아 글자를 입력하기 시작했다.

💬 브리즈번에도 캥거루가 살지?

여기도 캥거루가 있어, 라고 썼다가 두 번째 문장은 지웠다. 그런다고 엄마가 걱정할 리 없지만, 상식적으로 따져보면 충분히 걱정할 만한 일이라는 생각이 든다. 엄마와 메시지를 주고받을 때는 자주 이런 식의 갈등을 겪는다. 엄마는 무심하게 반응한 일이 다른 엄마들에게는 큰 사건일 때가 허다한 것이다. 결국 워밍업은 생략하고 담임처럼 아무것도 아닌 일인 듯 통장에 돈이 떨어졌나 보다고 적었다. 수학여행에 대해 말을 한 적이 없는 것 같아 비용을 적고 여행지도 언급했다.

💬 5월 22일부터 25일까지 제주도로 가.

5분 뒤에 확인했으나 읽었다는 표시가 없었다. 그냥 닫으려다가 외할아버지 소식은 들었느냐고, 아직도 감감무소식이냐고 물었다. 전송 버튼을 누르고 나서는 후회했다. 부모님의 시름에 자신의 기분까지 얹어놓을 게 뭐란 말인가. 차라리 "나 수학여행 가지 말까?"라고 묻는 게 나았다.

담임이 나가고 난 뒤 다시 한번 확인하려고 휴대 전화를 여는데 연주의 문자 메시지가 보였다.

너희 엄마한테 물 샌다고 연락했니?

저의가 의심스러워 답할 수가 없었다. 따지고 보면 누수는 어른들 문제지 아이들이 끼어들 사항은 아니다. 엄마도 그렇게 생각했기에 북자 이모를 부른 것이다. 다행히 메시지를 읽은 건 아니어서 답장에 대한 부담은 없었다. 안 본 걸로 하면 그만이다.

점심시간에 밥을 먹고 엎드려 쉬다가 누가 어깨 흔드는 기척을 느끼고 얼굴을 들었다. 연주가 휴대 전화에다 글자를 쳐서 보여 주었다.

문자 못 봤어?

"응?"

느릿느릿 휴대 전화를 꺼내 꺼져 있다는 사실을 확인시키고 나서 다시 엎드리려고 하는데 연주가 미형의 어깨를 자기 쪽으로 돌려세우더니 소리를 질렀다.

"물 새는 거 너희 부모님께 알렸냐고?"

시베리아에서 고래 심줄만 먹고 자란 수탉처럼 목청이 요란했다. 아이들이 모두 쳐다봤다.

"당연히 알렸지. 아침에 그 난리를 피우는데 안 알리냐?"

"남의 집으로 물이 새든 말든 너희 부모님 돌아오실 때까지 기다리라고 했다며?"

"아니, 그럼 내가 뭘 어떻게 할 수 있는 건데?"

"그러니까 부모님께 알렸는지 묻는 거 아니야?"

미형은 벌떡 일어났다. 엄마와 딸이 다르지 않다는 생각이 들었다. 아줌마가 물이 새는 것보다 더 심하게 화를 내서 뜨악했는데 이 애는 왜 이러는 걸까. 401호나 501호나 운이 없었던 것뿐이지 않나. 미형은 밀리면 안 될 것 같아 한 걸음 바싹 다가들며 턱을 치켰다.

"그래, 알렸다. 알렸다고, 됐냐?"

"그럼 됐다."

"이게 진짜," 하면서 가슴팍을 밀치려는데 연주는 어느새 뒷문으로 빠져나가 저희 교실 방향으로 사라졌다.

아침과는 달리 민정이가 흥미를 보이면서 무슨 일인지 파고 물었다. 하릴없이 자초지종을 다시 말해 줬다. 민정이는 연주가 요즘 부쩍 예민해졌다고 했다.

휴대 전화를 켰더니 엄마로부터 답이 도착해 있었다.

💬 어머, 미안.

엄마는 오늘 내로 입금하겠다고 했다. 집에 가면 북자 이모가 와 있을지 모르겠다는 말도 덧붙어 있었다.

💬 지금 호주 전역에는 비가 와.

비를 맞고 외할아버지가 있을 곳을 찾아 돌아다니는 엄마 아빠를 상상하자 거기가 아무리 가 보고 싶은 호주라고 하더라도 유쾌하지가 않았다.

북자 이모

"오북자라니, 도대체 그런 이름은 누가 지은 거야?"

붐비는 마을버스를 보내고 걸어서 귀가하면서 집안 사정을 설명하다가 북자라는 이름을 말해 줬더니 민정이는 한참을 캑캑거렸다. 이름을 그렇게 지어 준 외할아버지가 호주에서 행방불명되었다고 했을 때는 "혹시 오북자가 아니고 납북자 아니야?"라는 밑도 끝도 없는 소리를 해댔다.

"미국이나 남미가 아니어서 범죄 냄새는 안 나니까 곧 찾을 수 있을 거야."

이 소리는 어쩐지 북자 이모의 진단과 비슷한 데가 있었다. 미형은 북자가 복자의 오기가 아니라 '북을 치는 아이'라는 뜻임을 강조했다. 북자 이모는 태어나자마자 뭘 두드리는 것을 좋아했고, 북을 발견했을 때에는 바로 이것을 치려고 세상에 나온 아이처럼 흥미를 보였다고 한다. 그런 취미는 스무 살이 될 때까지 이어져 끝내는 안동에 있는 국립대학교 민속학과에 입학해 북 치는 방법을 연구하는 사람이 되었다. 설명을 다 듣고 난 민정이는 더 화를 냈다. 이름을 장난처럼 짓는 법이 어디 있느냐는 것이었다.

"그런데 태어나자마자 아기가 뭘 두드렸다고? 진짜냐?"

"응. 그랬대."

"와."

"네 이름 아니니까 상관하지 마."

"같은 여자인데 어떻게 상관 안 해? 이름을 그따위로 지어 주니까 시집도 못 가고 고학력 등신으로 사는 거잖아. 아기한테 그런 이름 지어 주는 어른은 주민등록번호 말소시켜야 해."

"너희 집안에 주민등록번호 말소된 사람 있냐?"

"헐."

"나한텐 좋은 느낌을 주는 이름이야. 북자 이모 북자 이모 하고 자꾸 발음하면 콧구멍에서 엄마는 외계인 맛 아이스크림 향이 퍼지면서 두 번 회오리를 일으키다가 목구멍을 통해 입안으로 쳐들어와 나를 사로잡아. 네가 그 맛을 아느냐?"

"지금 홍어 얘기하는 거냐?"

"엄마는 외계인 맛이 홍어 맛이냐?"

"핏, 외계인은 엄마가 아니고 북자라는 거네."

"하여간 너 같은 애한테 북자라는 이름 지어 줬으면 따귀 맞았겠다."

"따귀로 끝낼 것 같아? 집을 나가버리고 말지. 그런데 너희는 이름을 받은 사람이 아니라 지어 준 사람이 집을 나갔구나."

"집을 나간 게 아니라 행방불명이라니까."

"그거나 저거나."

또 흥분할까 봐 남의 일에 대해서는 남의 일인 만큼만 화를 내라고 경고했다. 사람은 왜 적당하게 반응하지 않고 지나치게 반응하는지 모르겠다고도 했다.

"서로 와이파이 존이 다르니까."

"와이파이 존?"

"철수는 철수대로 혼자 떠들고 영희는 영희대로 혼자 소리 지르고 있다고 상상해 봐. 서로의 목소리가 들리기는 하는데 이해가 안 가는 거야. 그건 와이파이 존이 달라서 그렇대."

"난 항상 네 이야기를 귀담아들었는데 왜 이해가 안 갔던 거지?"

"아니야, 넌 내 말을 귀담아듣지 않아."

"나 지금도 매우 귀담아듣고 있거든?"

"아니거든."

정신 나간 말싸움을 중단하고 헤어져 빠른 걸음으로 집으로 들어갔다가 깜짝 놀랐다. 안동에서 북자 이모가 와 있는 것까지는 좋았는데 할머니와 둘이 아니라 아저씨, 아줌마들과 함께 있었다. 기분 같아서는 그냥 문 닫고 나가 북자 이모를 밖으로 불러내고 싶었지만 하릴없이 인사를 하고 방으로 들어갔다. 북자가 따라 들어왔다.

"안녕!"

"어, 오랜만이야, 이모."

둘은 포옹하고 볼과 볼을 비볐다. 한때 부에노스아이레스에서 열흘간 살았던 경험을 살려 반가운 사람을 만나면 남미식으로 인사하는 것이 이모의 습관이었다. 미형은 이번에도 거부하지 않고 잘 받아 주었다. 이모한테 선물로 받은 '메이드 인 에콰도르' 소고는 지금도 미형의 서랍에 고이 모셔져 있다. 북자는 그 소고에 그려진 것과 같은 나비 문양의 티셔츠를 입고 있었고 살이 좀 붙어서 그런지 외모가 훈훈해 보였다. 학교 수업은 어떻게 했느냐고 물었더니 금요일 하루만 잡혀 있어 큰 문제는 아니라고 했다.

"저 사람들 다 뭐야? 아침하고는 얼굴이 다르네."

“오니까 여기 모여 있더라. 401호 아줌마는 귀가하는 중이래.”

옷을 갈아입고 잠시 침대에 누워 쉬면서 이어폰으로 음악을 들었다. 나중에 볼 동영상을 그냥 눌렀는데 인디 가수 팻두의 ‘기억을 지워주는 병원’이 흘러나왔다. “우리 아들 고마워. 맨날 꽃 사줘서…” 목소리들이 너무 쟁쟁거려 잽싸게 끄고 차분한 것을 찾고 있는데 할머니가 방문을 열었고 뒤이어 업자처럼 보이는 아저씨가 따라 들어왔다. 미형의 방을 거쳐야 나오는 보일러실에 볼일이 있다고 했다.

그런데 아저씨가 손에 쥐고 있는 것이 미형의 눈을 끌었다. 나침반 같고 시계같이 생긴 작은 그것이 누수 탐지기라고 해서 쓴웃음을 삼켰다. 호주에서 실종된 외할아버지는 타일공이고, 그 할아버지의 외손녀인 미형은 누수 해결 과정을 여러 번 옆에서 지켜보았다. 집들이 몰려 있는 곳에서는 필연적으로 누수가 발생한다. 이를테면 미형은 누수를 해결할 능력은 없지만 보고 들은 지식은 있다. 그런 사람 앞에서 초등학교 앞 문구점 뽑기 기계가 껌처럼 뱉어놓은 장난감을 누수 탐지기라고 하는 건가, 지금?

“어디선가 물이 새면 이 침이 가만히 있지 않고 움직이거든요.”

그것을 수도관에 어설프게 매달아 놓았는데 미형의 눈에는 장난감 눈금보다는 그 아저씨의 눈동자가 더 심하게 움직이는 것 같았다. 어쨌거나 업자 아저씨는 다시 거실로 나갔다. 미형은 흥미가 생겨 누수 지식을 비장의 카드로 숨기고 따라 나가 그 아저씨가 하는 양을 지켜보기 시작했다. 거실 화장실에도 문제의 그 누수 탐지기가 액세서리처럼 매달려 있었다.

"10분 뒤에 확인하도록 할게요."

업자 아저씨가 말하자 모두 소파 곁으로 모여들었다.

"물이 화장실에서 새는 건 확실합니까?"

북자 이모가 무겁게 목소리를 깔고 사람들을 둘러보았다. 업자 아저씨는 대답은 하지 않고 할머니를 향해 "정정해 보이시네." 하면서 엉뚱한 소리를 했고 다른 사람도 합심한 듯 거기에 호응하느라 북자 이모의 질문은 없었던 것이 되고 말았다.

이후에도 마찬가지였다. 아저씨, 아줌마들은 어쩐지 북자 이모를 무시하려는 눈치였고 할머니를 성당 마당에 놓인 마리아상처럼 감싸고돌면서 이웃사촌 놀이로 여념이 없었다. 그렇다고 영악하기 짝이 없는 할머니가 거기에 편승한 것은 아니었다. 사돈처녀를 눈에 띄게 앞세우지도 않았다. 무엇보다 업자 아저씨의 행동은 밑도 끝도 없었고 여기저기 살펴보고 설명하는 과정이 생략되어 있었다. 집의 보이지 않는 부분은 사람의 몸속과 다를 바 없다고 한 것은 외할아버지였다. 의사가 청진기만 대보고 나서 "암입니다, 수술해야 합니다."라고 한다면 믿어서는 안 되는 돌팔이다. 끼어들 타이밍을 노리고 있던 미형은 이모의 질문을 되살리기 위해 남은 힘을 다했다.

"사실은 우리 집에도 물이 샜어요. 비가 왔을 때지만요."

그러면서 지난번 비에 물 자국이 생기고 곰팡이가 핀 곳을 손으로 가리켰다.

"이사 갔으면 좋겠어. 너무 거지 같은 집이야."

물이 새는 것을 보고 집한테 오지게 욕하다가 할머니한테 엉뚱한 소리를 들었던 기억이 났다. 할머니는 꼬부라진 허리를 캥거루처럼 굽히고 나타나 '이 누무 가시나' 어쩌고 하면서 주먹질을 하다가 어르는 말투로 미형을 달랬다. 집이 듣고 있으니 궂은 소리 하지 말라고, 당장 사과하라고 했다. 그런다고 시키는 대로 할 미형은 아니었다.

"미쳤어? 집이 뭐야, 시멘트와 벽돌과 쇠붙이, 나무 뭐 그런 것에 불과하잖아. 심지어는 변기와 냄새나는 하수구가 집이기도 해. 할머니는 지금 나더러 변기와 냄새나는 하수구한테 잘못했다고 사과하라는 거야, 그게 말이나 돼?"

"아이고, 이 배라먹을 년이 터진 입이라고 함부로 씨불이네."

그러면서 미형의 입이 변기보다 더 더럽다는 충격적인 말을 했다. 이도 안 닦고 발도 안 씻고 세수도 안 하고 잔 적이 몇 번이냐는 것이었다. 끝까지 빌지 않으니까 할머니가 미형을 대신해 빌었다. 부엌과 방과 거실을 오가며 철없는 손녀가 입이 더러워서 하는 말이니 염두에 두지 마시라고 하면서 연신 양손을 모았다. 할머니 눈에는 집이 인격이라도 가지고 있는 것 같다. 기분에 따라 가족에게 행운을 줄 수도 있고 불운을 줄 수도 있다고 믿고 있으니 말이다. 어쨌거나 비 올 때 물 새는 것도 질렸는데 비도 안 오는데 물 새는 건 또 뭐란 말인가.

그때 수상한 업자 아저씨를 누가 불렀는지 불현듯 궁금해졌다.

"어떻게 해서 온 사람들이야?"

"모르지. 내가 왔을 때 이미 들어와 있던데?"

연주 엄마가 302호 아줌마를 대신 보내는 과정에서 딸려 온 건가, 하고 짐작해 보았으나 의혹이 말끔히 해소되지는 않았다. 그러고 보니 아저씨, 아줌마 중에 302호 아줌마 말고 다른 아줌마가 더 있었는데 업자 아저씨 아내라고 했다.

"하, 이상하네."

미형은 강하게 불만을 토로했으나 북자는 "그러게."라고 할 뿐이었다. 미형은 북자 이모가 믿음직스럽지 않았다.

10여 분 뒤 조잡한 누수 탐지기는 별 움직임이 없는 것으로 확인되었다. 업자는 배관에는 이상이 없으니 누수 문제 같다고 결론을 내렸다. 화장실 바닥의 방수에서 문제가 생긴 게 틀림없으니 다 뜯어내고 새로 깔자고 했다. 너무나 빠른 결단이었지만 다른 더 좋은 방법이 있을 것 같지는 않았다.

"그렇게 하면 견적이 얼마나 나오는데요?"

가서 견적을 내봐야 안다고 하기에 대충의 금액이라도 말해 달라고 하자 수백만 원을 불렀다. 낡은 바닥을 싹싹 긁어내고 새로 입혀야 하기 때문이란다. 뭐라고 토를 달려고 하는데 열린 문으로 연주 엄마가 들어왔고 앉을 새도 없이 북자 이모가 4층으로 가서 직접 현장을 확인하고 싶다고 했다.

사람들을 따라 아래층으로 내려가다가 계단에서 혼자 멈추었다. 견적 내용도 알릴 겸 호주로 전화했더니 아빠가 엄마에게 직접 전화하라고 했다.

"같이 있는 거 아니었어?"

엄마는 멀리 멜버른이라는 도시에서 외할아버지를 본 사람이 있다고 해 오늘 새벽 외할머니와 함께 비행기를 타고 그곳으로 날아갔다고 한다. 그런 반가운 소식을 듣고 아빠 목소리가 왜 그렇게 우울하냐고 따졌더니 봤다는 사람의 말에 따르면 외할아버지처럼 생긴 사람이 멜버른에서 복면을 한 무장 강도로 나타나 슈퍼를 털었다는 것이었다. 무장 강도가 "꼼짝 마", "모두 엎드려!", "떠들지 마!"라고 손님들을 협박한 사이사이 한국말이 흘러나왔고 덩치나 억양으로 보아 미형의 외할아버지가 아닌가 생각했다는 것이 목격자의 전언이었다. 아빠는 그 소식을 들은 외할머니가 엄마를 향해 이렇게 반응했다고 전했다.

"내가 뭐랬니? 그 인간이 언젠가 큰 사고 친다고 했어, 안 했어?"

아빠는 두 사람을 보내놓고 외할머니가 운영하는 식당을 맡아 보면서 태산 같은 걱정이 밀려와 갈비를 몇 번이나 새까맣게 태우는 중이라고 한다. 전화를 끊고 북자 이모에게 내용을 전하자 이모는 박장대소했다.

"우리 아버지가 무장 강도라니, 호호호."

걱정하거나 슬퍼하는 게 아니라 재미있어했고 남의 집이라는 것을 의식한 할머니가 눈총을 주는 데도 얼른 현실로 돌아오지 않고 4차원 세계를 떠돌았다.

'아, 창피해!'

이번에도 연주는 눈에 띄지 않았다. 학원에 갈 시간은 아니다 싶어 사람들이 부엌 위 물 새는 천장을 확인하는 사이 연주 방이 어디냐고 물어 찾아갔다.

"어?"

연주는 마스크를 하고 있었고 거기에는 검은색 테이프로 엑

스 자 표시가 되어 있었다. 말 시키지 말라는 뜻인 것 같았다.

"알았다. 묵언 잘해."

방해하지 않겠다며 문을 도로 닫으려는데 연주가 손짓으로 미형을 불렀다. 사극에서 조선 시대 임금이 신하를 향해 가까이 오라고 명령할 때와 같은 행동이어서 재수가 없었지만, 꾹 참고 주상 전하 곁으로 다가갔다.

💬 화장실에서 물 안 쓰고 있지?

연주가 휴대 전화에 써서 보여 준 글자였다. 미형은 양손의 엄지와 검지를 모두 사용해 그렇다고 대답하고는 연주의 손목을 가리켰다. 거기에는 두드러기 같은 것이 나 있었고 많이 긁었는지 붉은색으로 부풀어 오른 상태였다.

"뭐 잘못 먹었니?"

대답을 꼭 들어야겠다는 생각은 없었기에 그냥 나가려고 돌아서는데 또 글자를 쳐 보여 줬다.

💬 두드러기야. 스트레스받아서.

"그래? 조심해라."

미형은 거실로 나오면서도 연주가 자신의 두드러기를 누수와 연관시키고 있다는 생각은 조금도 하지 않았다. 미형에게 두드러기는 그저 뭘 잘못 먹어 생기는 일시적인 병이다. 부엌으로 갔더니 업자가 식탁 의자를 받쳐 놓고 올라가 천장의 일부를 뜯어내고 있었고, 잠시 뒤에는 새카맣게 곰팡이가 슨 내부가 여지없이 드러났다.

"아이고, 이게 하루 이틀 사이에 생긴 곰팡이가 아닌데요."

북자도 미형도 이의를 제기할 수 없었다. 멀찍이 물러나 이 광경을 보고 있던 할머니 입에서도 신음이 흘러나왔다. 게다가 연주네 부엌 싱크대로 떨어져 내린 물은 미형네 화장실에서 새나간 오수일 수도 있었다.

"작년에 방수 잘못해서 생긴 문제가 아니라는 건 확실해졌지?"

302호 아줌마가 미형을 쳐다보면서 얄밉게 떠들더니 바쁘다며 그만 가 보겠다고 했다. 화제가 바뀐 것 같아 미형은 차라리 반가웠다. 302호가 떠나고 나자 연주 엄마가 말했다.

"저 사람 바쁜 사람인데 일부러 와서 관심을 가져 준 거예요. 얼마나 고마워요."

"무슨 일을 하시는 분인데요?"

북자가 물었다.

"요 앞에서 부동산 해요."

"네."

북자는 내친김에 업자를 향해 물었다.

"아저씨네 가게도 이 근방인가요?"

“아, 그게…….”

“좀 먼가요? 멀면 일하시기 불편할 텐데.”

업자가 쭈뼛거리는 사이 그의 아내라는 여자가 대답을 가로채며 나섰다.

“저희가 사실 최근에 이사를 와서 이달 말에 개업식을 합니다.”

“사무실이 없다는 말인가요?”

“이달 말에 생기죠. 개업하면.”

“가게는 어디 얻었는데요?”

“지금 알아보는 중이에요.”

북자 이모는 말없이 고개를 끄덕였고 감정 표현이나 평가는 하지 않았다. 다만 업자가 천장 뜯은 쓰레기를 모으는 사이 연주 엄마에게 다가가 “저 사람들 401호에서 부른 거예요?” 하고 조심스럽게 확인했다.

연주 엄마는 조용히, 그러나 완강한 태도로 손을 내저었다.

“아니요, 그럴 리가요!”

물은 흘러 어디로 가는가

"아, 정말 말도 안 돼."

미형은 집으로 올라와서도 흥분이 가라앉지 않았다. 북자도 황당해했다. 두어 시간을 업자에게 이끌려 집 문을 열어 주고 방을 함부로 들여다보게 내버려 둔 할머니만이 아직도 뭐가 뭔지 모르는 것 같았다. 그 아저씨가 어떻게 미형의 집에 들어오게 되었는지를 물었을 때는 모른다는 식의 기상천외한 대답이 나왔다.

"할머니가 모르면 누가 알아?"

"벨을 누르는데 우예 문을 안 열어 주나?"

"그럼 도둑이 훔치러 왔으니까 문 좀 열어 주세요, 해도 열어 주겠네?"

할머니는 뾰로통해져서 티브이를 틀었다.

"여학생과 노인만 사는 집이라고 만만하게 본 모양인데 만만한 그 집을 노리는 사람은 정확히 누구야?"

북자 이모가 물었으나 미형이 대답할 수 있는 것은 아니었다. 그러고 보니 엄마 아빠가 부재중인지도 어언 1년이 다 되어 간다. 생각난 김에 호주로 통화를 시도했다. 자초지종을 간단히 말하자 아빠가 방향을 제시했다.

"가까운 곳에 가게를 가진 사람으로 하되 허가받은 업체여야지. 그런 곳 두어 군데를 정해 견적을 받아 봐."

"동네 아는 사람은 없고요?"

"엄마는 아는 사람이 있을 텐데."

할 수 없이 엄마한테 다시 전화를 걸었다. 연결이 되긴 했는데 장황하게 이어지는 연설은 또 뭐란 말인가.

"내가 그 동네 하도 오래 살아서 뭐든 아는데 말이야…."

멜버른에 뜬 무장 강도에 대한 고뇌 같은 것은 느껴지지 않았다. 대신 어느 슈퍼는 생선이 좋고 어느 슈퍼는 과일이 맛있으며 인테리어는 어느 가게에서 하는 게 낫고 잔반을 재활용하지 않는 식당은 어디 어디이며 미용실 중에서 값이 적당하면서 커트까지 잘하는 곳은 어디라는 데이터가 완벽하게 갖춰져 있다고 자랑이 늘어졌다. 진정으로 생활에 쓸모 있는 정보는 티브이가 아니라 자신의 머릿속에 있다는 엄마의 자랑은 미형도 숱하게 들어 알고 있었다. 그런 엄마가 단골 무대를 벗어나 낯선 이국땅을 떠돌고 있다는 건 아무리 생각해도 아이러니였다. 그것도 외할아버지가 자발적으로 사라진 것인지 납치된 것인지 짐작도 하지 못한 채 말이다. 무장 강도는 미형이 생각하기에도 난센스 같았다.

“그래서 아는 데가 있다는 거야, 뭐야?”

북자 이모가 전화기를 낚아채더니 짜증을 냈다.

“당연히 있지.”

엄마는 할머니를 바꾸라고 했다.

“금강 아저씨라고 기억나세요?”

할머니는 한참 듣기만 하더니 “알지, 알고말고.”라며 자신 있게 고개를 끄덕였다. 3년 전에는 큰집이 근처에 살아서 그때 함께 살았던 할머니와는 미형이 모르는 공감대가 있는 모양이었다.

“내가 안다. 지금 당장 가자.”

전화를 끊고 나자 할머니가 서둘렀다.

“내가 여태까지 살민서 문고리가 고장 나도 부리고 보일러가 안 돌아가도 부리고 형광등에 불이 안 들어와도 불렀던 사람이

라. 그때마다 어렵게 띠와서는 5천 원 받아 가고 만 원 받아 가고 했던 사램인데 내가 왜 그이를 퍼뜩 떠올리지 않았능가 몰라. 아매 지금도 전빵에 웅크리고 있을 거구만."

할머니를 앞세우고 꼬불거리는 골목길을 약 백 미터 정도 걸어갔더니 삼환 설비라고 적힌 가게가 나왔다. 문은 닫혀 있었다.

"가게 이름이 금강이 아닌데요?"

"여가 맞다."

북자는 고개를 갸웃거리면서도 간판에 적혀 있는 번호로 전화를 걸었다. 받지 않았다. 하지만 집으로 돌아와 다시 시도하자 연결이 되었고 근처에 있으니 곧 오겠다고 했다. 아저씨는 할머니를 알아보기는 했지만 살갑게 아는 척하지 않고 무뚝뚝하게 인사를 건네고는 곧장 화장실로 들어갔다. 여기저기 살핀 끝에 내린 진단은 충격이었다.

"여기 이렇게 큰 구멍이 뚫려 있는데요?"

할머니는 둘째치고 미형은 얼마나 놀랐던지 잠시 머리가 띵할 정도였다. 벽으로 연결된 샤워기 부근 타일이 깨져 있었고 덕분에 그 안쪽 미지의 공간이 삐죽이 입을 벌리고 있었다. 작은 쥐새끼 한 마리가 튀어나와 춤을 추더라도 이상할 게 없는 상황이었다. 사실 500원짜리 동전 크기만 한 그 구멍은 미형이 아침저녁으로 마주쳤던 것이었다. 어느 때는 쪼그린 채 안을 들여다보면서 일부러 그 안으로 물을 흘려 넣은 적도 있었다. 아저씨는 샤워기를 누가 이렇게 달았는지 물었다.

"재작년에 고장 나서 아빠가 직접 사다가 달았어요."

구멍이 그때 생긴 것인지 이전부터 있었는지는 정확하지 않았으나 거기까지가 미형이 알고 있는 사실이었다. 어쨌거나 그 순간 부르지도 않았는데 와 있었던, 가게가 없다던 그 업자는 완전히 자격을 잃은 듯했다. 현장 파악 능력이 그 정도라면 유능하기는커녕 누수 해결사와는 거리가 멀었다. 삼환 아저씨가 두 번째 질문을 던졌다.

"이 구멍에 대고 물을 뿌린 적이 있어요?"

"정신 나간 것도 아닌데 누가 여기로 물을 붓겠습니까?"

구멍과는 아무 상관 없는 북자 이모가 대답했다.

"청소하다가도 그럴 수 있고 샤워하고 나서 뒷정리하다가도 그럴 수 있지요."

미형은 삼환 아저씨의 상상력이 신기하기도 하고 반갑기도 해서 물을 뿌린 적이 있다고 즉각 털어놓았다. 북자 이모가 왜냐고 물었는데 미형은 그 질문이 꽤 이상하게 들렸고 그것이 이상한 질문이 아니라는 것을 깨닫고 나자 가슴이 덜컥 내려앉았다.

"왜냐고? 그, 글쎄. 아마도…."

"아마도 뭐?"

"구, 구멍이니까 그러지 않았을까?"

잠시 침묵이 흘렀으나 오래가지는 않았다. 할머니가 "시방 요기로 들어간 물이 흘러 흘러 저기 아랫집까지 내려갔다는 말이라요?" 하더니 아저씨의 대답은 들어보지도 않고 수건걸이에서 냄새나는 수건을 벗겨내 미형을 후려치기 시작했다.

"이 누무 가시나!"

미형은 멍한 상태에 있던 참이라 처음에는 속수무책 얻어맞았으나 이내 양팔을 이용해 어느 정도 방어할 수 있었다. 하지만 수건이 효과가 없다고 판단한 할머니가 주먹질로 갈아타는 바람에 결국 화장실 밖으로 뛰쳐나오고 말았다. 할머니가 "네 이년! 거기 서지 못할까?" 하면서 따라 나오기에 얼른 방으로 도망친 뒤 문을 잠갔다.

"우씨."

처음에는 억울했으나 곧 고개를 갸웃거리게 되었다. 자신이 왜 그랬는지 생각하면 어이가 없었다. 심지어 미형은 물 뿌리기를 즐기기까지 했던 것 같다. 바퀴를 보면 굴리고 싶고 구멍이 있으면 벌리거나 그 안으로 뭔가를 집어넣고 싶은 마음은 왜 생기는 걸까. 눈앞에 마른풀이 있으면 성냥불을 켜 보고 싶고 공원에 앉아 있는데 개미가 지나가면 눌러 죽이고 싶은 마음이 드는 것과 비슷한 이치였다. 그런데 그 대가가 아랫집 누수로 이어져 이웃 간에 소란을 일으키고 수백만 원의 공사비를 발생시켰다고 생각하면 숨이 멎는 것 같았다.

'난 맞아도 싸.'

죄의식에 찌든 얼굴로 슬금슬금 거실로 나갔을 때 삼환 아저씨는 막 한 건을 더 올린 참이었다. 화장실에서 나와 싱크대 아래를 열어 보더니 여기 좀 와 보라며 랜턴을 비췄다.

"어?"

뭔가 거대한 음모에 말려든 기분이었다. 7개의 호스로 연결된 난방 배관이 있었는데 그중 네 군데에서 반짝거림 현상이 있었고 손으로 만져보니 물이 흘러내리는 중이었다.

"교체해야 할 것 같은데요."

배관 하나에 5만 원씩이라고 했다. 다시 화장실로 들어가 바닥을 꼼꼼하게 살펴본 삼환 아저씨가 누수에 관해 최종 평가를 내렸다.

"일단 보일러 배관 바꾸고 화장실 샤워기 구멍도 막고 바닥의 미심쩍은 부분을 실리콘으로 때우고 나서 반응을 살펴보면 될 것 같습니다."

난방 배관 4개를 교체하는 것 말고 다른 비용은 없다고 했다. 화장실 구멍은 새로 조이고 나서 실리콘으로 막으면 되니 서비스인 셈이다. 하지만 그것으로 누수 문제가 완전히 해결되는지는 아랫집에서 나타나는 반응을 더 살펴보고 결론을 내자고 했다.

"알겠습니다. 그럼 내일 그것부터 해결해 주세요."

약속을 잡고 아저씨가 돌아간 뒤에 할머니는 한 번 더 잔소리를 하고 난 뒤 겨우 마음을 가라앉혔다. 북자 이모가 여기서 문제가 해결된다면 다행인 거라고 할머니를 설득했기 때문이다. 미형은 방으로 돌아와 그 구멍에 관해 다시 생각해 보았다.

'나는 왜 거기에 물을 부었을까?'

'물이 흘러 어디로 가는지 궁금했던 거니?'

스스로에게 물어봤지만 정확하지는 않았다. 수수께끼 같았다. 구멍이니까 그랬다는 거. 자신이 흘려보낸 물이 겨우 아랫집으로 내려가 떨어질 줄 알았다면 결코 거기에 물을 뿌리는 짓은 하지 않았을 것이다. 물이 도착했으면 하는 곳은 거기가 아니었다.

'그렇다면 어딘데?'

미형은 고개를 흔들어댔다. 그걸 알았다면 물을 목적지로 직접 들고 가지 뭐 하러 벽에 난 구멍에다 못 할 짓을 하겠는가.

아궁이가 있는 집

일찌감치 밥을 먹고 난 저녁 시간. 집은 깊은 침묵에 빠져 있었다. 한국어를 사용한 무장 강도가 호주 경찰에게 잡혔는데 미형의 외할아버지는 아니었다고 한다. 그럼 됐지, 뭐가 문제냐고? 그 대답은 할머니 얼굴에 감추어져 있다.

'나는 지쳤다.'

할머니는 딱 그런 표정이었다. 사돈 영감이 행방불명된 것은 안타까운 일이나 아들 며느리가 없는 빈자리를 내가 언제까지 메꾸고 살아야 하냐며 돌아가신 친할아버지 사진을 들여다보면서 혼잣말로 한숨 짓는 것을 미형은 여러 차례 목격한 바 있다. 그럴 때마다 미형의 기분도 시무룩해졌다. 북자 이모가 있다고 해서 할머니의 혼잣말이 줄어들지는 않았다. 줄어들기는 커녕 외려 이렇게 말하기에 이르렀다.

"무장 강도면 우떻노?"

"헐."

하지만 미형 역시 그와 비슷한 기분이었다는 것을 뒤늦게 알아차렸다. 무장 강도라도 좋으니 빨리 문제가 수습되어 엄마 아빠가 집으로 돌아왔으면 좋겠다고. 한 시간도 되지 않아 생각이 바뀌기는 했다. 그래도 무장 강도는 아니지!

호주의 외할머니는 무장 강도가 외할아버지가 아닌 것을 알고 "그 인간이 그렇게 통 큰 짓이라도 할 줄 알면 인생을 요 모양 요 꼴로 살아겠냐? 도둑질을 해도 기껏 마누라 지갑에서 만 원짜리 빼내는 것밖에 못하던 인사지."라고 했다고 한다. 그러면서 새삼스럽게 20년 전인가 30년 전인가의 이야기를 꺼내 엄마 앞에 털어놓았다.

"생떼 같은 아이들이 제비처럼 지저귀민서 이거 해달라 저거 해달라 사람을 볶아쌌는데 생활비 몇 푼 벌어다 주는 기 뭐 대단한 유세라고 아랫목에 떡 하니 다리 꼬꼬 누워 텔레비전 소리나 높이가민서 킬킬거리는데 가관도 그런 가관이 없었느니라. 어쩌다가 쌀이 떨어져 좀 사오라고 시키만 궁디가 얼마나 무거운지 백 마디는 해야 개우 몸을 일으키고 나온다. 쌀집이 코

앞인데 차는 왜 끌고 나서는지. 지름 떨어졌다고 돈 달라고 하고 정비 받아야 한다고 손 내밀던 인사가 바로 너그 아부지다."

그런 이야기는 전화기로 북자 이모의 귀로 1차 전달되고 그 곁에서 무심한 척 귀 기울이던 할머니에게 2차 전달되었으며 할머니가 멀리 포항 사는 고모에게 전화로 수다 떠는 과정에서 미형에게 3차 전달되었다.

불행히도 미형은 이 기상천외한 소식을 퍼트릴 데가 없었다. 민정이한테 이런 이야기를 한다는 것은 자기 집안이 콩가루 계통이라는 것을 선전하는 것이나 다름없다. 그러니 학! 학! 의도치 않은 묵언으로 욕망을 참으며 숨이나 내쉬는 수밖에. 그러다가 포항 고모가 전화를 걸어 할머니 바꿔 달라고 하면서 애드리브처럼 "너그 외할아버지 무장 강도는 아니래매?"라고 비웃을 때는 숨소리가 자신도 모르게 쌕! 쌕! 바뀌었고 단어들이 저절로 줄을 서더니 포항 고모를 향해 총알처럼 발사되고 말았다.

"우리 외할아버지가 무장 강도였으면 좋겠어요?"

그런 말을 들어도 당황하거나 흔들리지 않는 사람이 포항 고모였다.

"아고 야, 무장 강도가 뭐 어떻다고 그러냐? 다 늙으신 양반인데. 키 작은 동양인이 복면 같은 걸 얼굴에 덮어쓰고 키 큰 코쟁이들한테 꼼짝 마, 하고 위협하는 거, 상상만 해도 귀엽지 않니? 호호호호."

"하나도 안 귀여운데요."

"흐흥."

"그리고 호주 사람들 키 안 크거든요."

그건 사실이 아닐 가능성이 컸지만 딱히 대꾸할 말이 없어 아무 말이나 지른 건데 고모는 또 그걸 받아치는 괴력을 보였다.

"윌리엄, 벤틀리 아빠 보니까 키는 안 커도 코는 크더라, 얘."

"헐."

"얘, 얘, 그래도 그게 어디니. 옆에 자식들 있었으면 인정사정 안 두고 물어뜯거나 이간질했을 텐데 그나마 사람 좋은 양반이 붙어 계시니 옛날이야기나 꺼내면서 아웅다웅하는 거지."

미형은 멈칫 놀라 받아치는 타이밍을 놓치고 말았다. 사람 좋은 양반이 누군지는 알겠는데 자식을 인정사정 안 두고 물어뜯는 건 누구란 말인가. 솔직히 짐작이 안 간다고 말할 수는 없었다. 그건 외할머니를 말하는 거였다. 이 자식 저 자식들을 두루두루 상대하다 보니 자꾸만 말썽이 생겨 외할아버지가 외할머니만 데리고 도피성 이민을 한 거라는 이야기는 여러 경로를 통해 듣고 또 들었다. 하지만 지금 그 외할머니 곁에는 분명 미형의 부모님이 계시지 않나. 왜 우리 엄마 아빠를 유령 취급하는 건가.

"외할머니 옆에 자식이 왜 없어요. 지금 우리 엄마 아빠 계시잖아요."

"아유 너희 엄마야 특~별한 자식인 거고."

"핏."

"하긴 오죽 볶아대면 자리를 피했겠니?"

"외할아버지요? 자리를 피한 게 아니라 행방불명이거든요."

포항 고모는 행방불명은 무슨, 하더니 너무하다 싶었는지 다음 말을 이렇게 이었다.

"뭐 어쨌거나 금방 돌아오시지 않겠어? 아무것도 아닌 일인데. 너무 걱정하지 마, 얘. 그리고 말이 나왔으니 하는 것이지만 세상천지에 너희 외할아버지 같은 분이 복면강도면 나는 얘, 인질극을 벌여도 천만번은 벌였겠다."

"네, 네."

미형은 그쯤에서 패배를 자인하고 수화기를 할머니에게 건네주었다. 전화를 끊고 났는데도 고모 목소리의 윙윙거림이 귀에 계속 걸려 있었다. 특히 걱정하지 마, 라는 고약한 풍자는 미형의 마음에서 뜨거운 모래바람을 불러일으켰다. 우리 부모님을 아무것도 아닌 일에 공연히 나서 집을 비운 사람으로 보고 있질 않나 말이다. 외할아버지가 외할머니의 괴롭힘에 잠깐 자리를 피한 거라고? 일 년이나 자리를 피하는 사람도 있나?

'다음에는 발신 번호를 미리 파악해 포항이면 무조건 전화를 끊어 버려야지.'

미형은 그렇게 결심하면서 자기 방으로 들어가 문을 쾅 닫았다. 하지만 곧 문을 열고 나와 안방으로 향했다. 화장실에 가고 싶었기 때문이다.

북자 이모는 정신없이 노트북을 들여다보고 있었다. 학생들이 올린 과제물일 거라는 생각에 영혼 없는 시선으로 스캔하면서 걸어가다가 흠칫 놀라 걸음을 멈추었다. 우리 집 샤워기를 찍은 사진과 그 사진 속에서 커다랗게 입 벌리고 있는 구멍이 시야를 스쳤다.

하지만 못 본 척 그냥 화장실로 들어가 볼일을 보았다. 손을 씻다가 안 되겠다 싶어 후다닥 나와 다가갔는데 이모는 어느새 화면을 내리고 노트북을 끄는 중이었다.

"칫."

책상에 앉아 있는데도 계속 그 장면이 눈앞에 어른거렸다. 보고서나 논문 같은 것일 리 없는 일이고 보면 궁금증이 더해지는 것은 당연한 일인지도 모른다.

'뭐지? 뭘까?'

아무래도 피해 의식이 지나친 것 같다고 생각하면서 마음에서 털어내려고 했으나 쉽지 않았다. 적어도 누구에게 그 사진을 보여 주려는 것인지는 알아야 할 것 같았다. 그 대상이 자기 부모일 리 없다는 짐작이 미형을 더욱 궁금증에 시달리도록 만들었다. 따지고 보면 부모의 부재란 미성년 자식의 마음속 그림을 완전히 뒤바꾸어 버린다.

일요일인 다음 날 기회는 또 왔다. 화장실에 가려고 안방 문을 열었을 때 북자 이모는 노트북만 켜둔 채 보이지 않았다. 화장실 스위치를 확인했더니 켜져 있었다. 마우스를 아래위로 움직여 북자 이모가 열어둔 인터넷 공간이 온라인 모임 카페라는 것을 파악했고 마침내 화장실 사진을 찾아냈다. 벽면의 구멍이 잘 드러나게끔 찍은 사진 한 장과 무허가 아저씨가 문자로 보낸 견적서가 올라와 있었으며 북자 이모가 쓰다만 글 위에 커서가 깜빡이고 있었다.

의자에 앉아 카페를 살펴보다가 창을 그대로 둔 채 같은 창을 하나 더 열었다. 글 쓰던 창을 보호하면서 자유롭게 둘러보려면 그 수밖에 없었다. 우선 배경 사진에 눈이 갔다. 어떤 허름한 농가의 뒷마당이었고 농부 모자를 쓴 여자와 남자가 잡초를 뽑고 있었다. 농부가 미형의 가족 중 한 사람인지 아닌지는 구별되지 않았다. 카페 이름은 〈아궁이가 있는 집〉이었다. 혹시나

해서 확인했는데 역시나 회원은 단 두 명, 이를테면 비공개 2인 카페인 셈이다.

'어쭈구리!'

아주 모르는 사람의 카페였다면 흥미 없었겠지만, 자신의 집 화장실 사진 몇 장과 북자가 카페지기로 있다는 사실에 호기심이 생겼다. 게다가 느낌 충만한 2인 카페라면?

"너 뭐 하니?"

북자가 화장실 문을 열고 수건으로 손을 닦으면서 쳐다보았다. 대단히 놀란 것 같은 표정은 아니었으나 훔쳐보기를 격려하거나 장려하는 표정도 아니었다. 미형도 딱 그만큼만 반응을 보이기로 했다.

"스크린이 있으니까 나도 모르게 들여다보게 되네."

비공개 2인 카페라면 두 사람만의 비밀 공간일 터였다. 미형은 아무것도 못 봤다고 덧붙인 다음 자신이 띄운 창을 내리고 얼른 일어나 간이 책상에서 물러났다.

"화장실 가려다…."

안으로 들어가 소변을 보고 물을 내렸다. 불현듯 금요일 낮에 학교에서 덮어썼던 연주의 종이컵 물이 떠올랐다. 골이 띵했다. 이모의 카페 따위는 단숨에 잊어버렸다.

"야!"

지각으로 교문에서 선도부에게 걸려 곤욕을 치르고 교실로 들어서는데 연주가 미형을 불렀다. 어정쩡하게 돌아보면서 멀찍이 서 있었더니 갑자기 손에 든 종이컵에 침을 뱉자마자 미형을 향해 뿌리는 게 아닌가. 커피나 우유는 아니고 물인 것 같았다. 조금 튀기는 했지만 그 더러운 물을 죄다 뒤집어쓰지는 않았다. 미형은 운동 신경이 뛰어나지는 않아도 아둔하지도 않았다. 길 가다가 어떤 아저씨의 가래침 세례를 받은 이후 멍 때리며 걸어가는 일은 절대 하지 않았다. 특히 몸에 뭐가 부딪쳐 오는 것에는 민감하게 반응하는 편이었다.

"뭐야, 너 왜 이래?"

그러는 사이 차임벨이 울리고 연주는 휘리릭 저희 교실 쪽으로 가 버렸다.

"아, 저게 진짜."

하릴없이 교실로 들어가 자리에 앉았으나 마음은 가라앉지 않았다. 오래 생각할 필요는 없었다. 연주는 두 집 사이에서 벌어진 일을 미형에게 재현한 것이다. 이를테면 처지를 바꿔 생각해 보라는 것이 연주가 미형에게 던진 메시지였다.

'우리가 안 고쳐 주겠다는 것도 아니잖아? 도대체 뭘 어쩌라는 거지?'

그런 생각을 하면서 거울을 들여다보는데 형언하기 어려운 불쾌감이 기분을 압박해 왔다. 아마 침 뱉은 물을 반 정도라도 뒤집어썼으면 이것저것 따지지 않고 조퇴해 옷 갈아입으러 집에 왔을 것이다.

미형은 위축된 기분 탓에 화장실에서 나와 자기 방으로 가면서 북자는 거들떠보지도 않았다. 그래서일까. 북자는 자신의 노트북에 대해 방심했던 것 같다. 미형에게 그것을 엿볼 기회가 계속해서 주어졌으니 말이다.

어쩌면 그 방에 달린 화장실이 미형을 자꾸 그 카페로 유인한 것인지도 모른다. 화장실 가려고 문을 열었는데 안으로 들어가 보니 낯선 카페에 와 있는 기분 말이다.

몇 시간 뒤 다시 안방으로 들어갔을 때 북자는 노트북은 열어둔 채 부재중이었다. 집 안을 둘러보았으나 어디에서도 모습을 찾을 수 없었다. 카페 활동을 하다가 카페에서 파는 원두커피가 생각나 사러 갔는지도 모른다. 잠깐의 망설임은 있었으나 일단 마우스를 잡고 나자 그런 것은 더는 문제 되지 않았다. 날짜를 확인하려고 목록을 살피다가 북자 이모가 이 카페를 오랫동안 방치했고 어제서야 비로소 활동을 재개했다는 사실을 알 수 있었다. 어제 작성된 글을 열자마자 미형은 후다닥 내용을 읽어나갔다.

▤ 벽에다 연두색 페인트를 칠하고 염소 세 마리와 코스모스가 잔뜩 핀 언덕을 그려 넣고 싶은 집을 발견했어. 알지? 우리 셋째 언니네 집. 짐작하고 있겠지만 언니는 형부와 함께 브리즈번에 가 있어……

그리고 화장실에 물이 새서 자신이 서울에 올라와 있다는 내용이 이어졌다. 세상에 완전한 집은 없겠지만……이라는 구절은 왠지 모르게 구슬픔을 자아냈다.

글에 첨부한 사진과는 달리 물이 샌다든가 아래위층 간에 소란이 일어났다는 이야기는 전혀 없었다. 미형의 부모가 호주에 가 있다는 이야기를 다시 한번 언급한 뒤 호주와 관련된 옛 추억을 주저리주저리 늘어놓았다. 그러다가 중간쯤에 이르러서는 난데없이 미형의 이야기가 나왔다.

▤ 아궁이에 불이 들어갔고 굴뚝에서는 연기가 나. 밥을 짓고 있는 건 아니야. 미형이가 초등학교 때 사용했던 연습장을 태우고 난 연기야. 음 난 미리 넘겨봤는데 그림을 제법 잘 그렸네. 하지만 눈이나 코가 얼굴에 있지 않고 몸 바깥에 자리 잡고 있어. 웃기지?

"우씨." 미형의 입에서 불만이 터져 나왔다. 자신은 연습장을 불에 태운 적이 없었다. 그냥 책꽂이를 정리하다가 오래된 공책 몇 권을 버린 것뿐이었다. 게다가 이런 식으로 묘사된 글을 보는 건 개운치가 않았다. 눈이나 코를 얼굴 밖에 그리다니, 내가 뭐 상식적이지 않은, 이상한 아이라도 되는 것 같잖아. 미형의 경험은 미형의 것이므로 함부로 가져가 퍼트리지 말라고 경고라도 하고 싶었지만 남의 카페를 몰래 엿보는 중이고 보면 언감생심이었다. 다음 구절은 정말 싫증 나는 이야기였다.

쉿! 집이 내 이야기를 듣고 있는 것 같아. 뾰로통한 걸로 보아 기분이 좋아 보이지 않네. 오늘은 여기까지.

할머니가 집이 엿듣는다고 조심하라는 소리를 북자 이모도 옆에서 들었으니까 얼마든지 응용해 사용할 수 있었다.

그나저나 도대체 어떤 사람하고 이런 이야기를 주고받나 싶어 회원 보기로 들어가 아이디와 이름을 확인했다. 북자 이모의 닉네임은 뿍뿍이고 다른 사람은 추추였다. 성별은 남자였으며 이모티콘에는 선글라스가 씌워져 있어 비밀스러움을 더했다. 추추와 뿍뿍이가 주고받은 댓글을 보면 친구인지 애인인지 확인 가능할 것 같아 여기저기 들어가 봤으나 도무지 찾을 수가 없었다. 추추가 올린 글은 하나도 발견하지 못했다. 미형은 쯧쯧거리면서 혀를 찼다.

'유령인가. 이를테면 죽은 애인 같은?'

매우 그럴듯한 논리였다. 북자 이모는 가깝게 지내는 친구가 없기로 유명하다. 엄마가 독고다이라고 비난하는 소리를 들은 적도 있었다. 독고다이라는 단어는 미형에게 강렬한 인상으로 남아 가끔 친구와 뭐가 안 맞거나 거리감을 느낄 때면 어둠을 끌고 다니는 마블처럼 마음을 찌르고 들어오는 것을 느낀다. 죽은 자가 걸치는 옷 같기도 하다. 고집스러움을 덮어쓰기 당한 회색캥거루 같기도 하고.

집이 듣는다.

거기에 대한 다른 에피소드가 떠올랐다. 작년에 옥상 방수를 이상하게 하고 난 이후 비만 오면 1층 현관 입구에 물이 그득하게 고이곤 하였는데 빛깔이 누리끼리해서 미형은 쳐다볼 때마다 불쾌감이 일었다. 신을 적시는 것도 문제였다. 게다가 여러 가구가 사는 집 현관인데 아무도 나와 물기를 닦는 사람이 없었다. 그저 내일이든 모레든 청소하는 사람이 와서 처리할 때까지 기다릴 작정인 것 같았다. 미형은 그렇다고 중학생인 자신이

나설 수는 없는 일이라고 보았다. 이 나이에 벌써 걸레질에나 열을 올리고 싶지 않았다. 집안일에 솔선수범하는 여자가 되는 건 생각만 해도 밥맛이었다. 그 일을 처리한 것은 미형의 할머니였다. 몸도 성치 않은데 걸레질하기 위해 몇 번이나 5층을 오르내렸다. 미형은 성질이 나서 할머니에게 쏘아붙였다.

"진짜 거지 같은 집이야. 확 무너져 버렸으면."

헌 집을 주고 나면 두꺼비가 나타나 새집을 지어 줄지 누가 알겠는가. 사실은 거지 같은 이웃들과 더는 한 건물에서 살고 싶지 않다고 말하고 싶었지만, 대충 그 선에서 표현을 멈춘 건데 할머니는 그날 리모컨을 던지면서 미형을 때리려고 쫓아다녔다. "어디 애먼 집한테 해살을 놓느냐"며, 빨리 사과하라고 난리를 피웠다.

"할머니는 왜 그렇게 답답한 소리만 해?"

따지고 보면 집한테만 그러는 게 아니었다. 여름에 옥상에서 고추나 호박, 가지 같은 것을 키울 때면 혼자서 중얼중얼 아주 가관이다.

"부지런이 크라."

"시기 덥나?"

그런 소리는 알아들을 수나 있지. 뻗어나가던 청양고추의 가지 하나가 다른 나무의 가지를 밀치면서 파고들면 "욕심 좀 내지 마라."고 하면서 야단칠 때도 있다. 아주 매를 들고 때리기라도 할 기세였다. 서로를 향해 파고들지 않으면 커나갈 수 없게끔 화분을 가까이 놓아둔 건 할머니 자신이었는데 말이다. 곧 4차 혁명이 일어나네 마네 하는 마당에 그런 미신 따위에 한눈을 파는 할머니가 미형은 도저히 이해되지 않는다.

어제도 그랬다. 전날 낮에 연주한테 종이컵 침 물벼락을 맞았다고 하면서 집에 관해 좀 어깃장을 놓았더니 할머니가 어김없이 굿판을 벌였다. 이번에는 "집이 듣는다."에서 그치지 않고 "집이 운다."고 하면서 빨리 잘못했다고 빌라는 거였다. 북자 이모는 못 들은 척해 주는 센스를 발휘하기는커녕 "빨리 집한테 안 비나?" 말투까지 흉내 내면서 할머니를 거들었다. 그랬는데 그 이야기를 2인 카페에 올려 추추라는 사람에게 털어놓은 것이다. 집이 뾰로통해졌다는 말까지 보태면서. 미형이 막 창을 닫으려고 할 때였다. 그 글에 달린 댓글 하나가 눈에 확 들어왔다.

▤ 그나저나 추추, 하마터면 복면 쓰고 호주 은행을 턴 무장 강도가 될 뻔한 거 알아? ㅋㅋ

헐, 헐, 그야말로 헐이었다. 그 대목을 읽지 않았더라면 미형은 아마 이후로 다시는 그 카페를 기웃거리지 않았을지도 모른다.

보던 창을 깨끗이 단속하고 화장실로 들어가 볼일을 보고 나왔을 때도 북자 이모는 나타나지 않았다. 조용하고 얌전한 걸음걸이로 방을 향해 걸어가는데 할머니의 잔소리가 또 터졌다. 이번에는 머리카락 타령이었다.

"내가 이 벌가리 거튼 가시나 때매 살 수가 없다. 이기 뭔지 아나? 어디 불경시럽게시리 집에다 머리카락을 빠추고 다니나?"

찍찍이 테이프를 든 할머니가 앉은걸음으로 다가와 발목을 낚아채려고 해서 미형은 껑충 타고 넘어 겨우 자신의 방으로 도망쳤다. 깔끔이 할머니는 온종일 찍찍이 테이프를 들고 있다가 머리카락이라도 발견하고 나면 이것 보라는 식의 잔소리를 늘어놓으면서 그것을 찍는다. 그런데 그 이유가 불경스러워서라니, 미형은 너무 기가 막혔다. 할머니에게 집은 경건하면서도 성스러운 장소다. 거의 교회나 성당 또는 부처님의 법당에 버금간다. 그래서 아픈 몸을 이끌고 매일 청소하고 밥 먹을 때도 옆에다 찍찍이 테이프를 대기한다. 미형은 오늘은 번지수가 틀렸다고 확신했다. 찍찍이 테이프에 걸려든 머리카락은 가늘고 길었다. 미형의 단발머리에서 나온 게 아니라 북자 이모 머리카락인 게 분명했다.

마침 그때 A4 용지 한 묶음을 사 들고 현관에서 신을 벗고 있던 북자 이모가 할머니가 치켜든 머리카락을 보고 기겁했다.

"어머, 그거 제 머리카락이네요. 사돈어른 죄송해요, 호호 호."

그러면서 뭘 하려고 하는 건지 머리카락을 소중하게 받아 쥐고 안방으로 들어가더니 문을 닫았다. 설마 사진으로 찍어 2인 카페에 올리는 건 아니겠지?

'어휴, 똑같은 사람들.'

입을 삐죽이며 방으로 들어가 문을 닫았을 때 미형의 입에서 갑작스러운 웃음이 터졌다. 할머니의 빨개진 얼굴을 생각하니 쌤통을 넘어 고소하고 달콤한 마시멜로의 거품 향이 입안으로 번지는 것 같았다. 혼자만 당하고 살다가 북자 이모가 와서 같이 당해 주니 덜 억울하고 덜 기가 막혔다. 이모가 할머니의 습관이 이상하다는 것을 하나하나 증명해 줄 것 같아 기대감이 생겼다. 뭐였더라. 그동안 뭐, 뭐 때문에 할머니한테 야단맞았더라.

스물여덟 번째 소식

"어떻게 하기로 했어?"

급식을 받으면서 민정이가 물었다.

"뭘?"

"집수리 말이야. 고치기로 했어?"

순간 울컥, 하고 무언가 올라왔다. 7반 애들과 미친 듯이 수다를 떨다가 웬일로 식판을 들고 미형의 곁으로 다가오나 싶었다. 7반 애들 속에 연주도 있었다는 사실이 각별하게 다가왔다. 힐끗 봤더니 연주는 입에 자물쇠를 채운 것처럼 밥만 먹고 있었다.

"그건 왜?"

딱 두 어절에 불과했지만 힘이 있었던 모양이다. 민정이는 밥 숟가락을 입 안으로 넣다 말고 중간에서 멈추고 미형을 바라보았다.

"그냥 궁금해서."

"그러게 네가 왜 궁금하냐고?"

"아유, 성질하고는."

속이 안 좋아 불고기는 그대로 두고 김치와 감자볶음하고만 밥을 먹었더니 금세 떨어졌다. 좀 더 얻어올까 하다가 귀찮아 콩나물국에다 밥을 말았다.

"물 새는 게 너희 집이야? 네 방에 물 떨어졌니?"

"연주 때문에 그러잖아. 연주를 봐라. 완전히 한 송이 불꽃 같지 않니?"

민정이가 리듬을 맞추듯이 숟가락으로 식판을 톡톡 쳤다.

"불꽃이라니?"

"말하고 싶고 화내고 싶어 죽겠는데 제 입으로 묵언을 선언해 버렸단다."

"말하던데?"

"오늘 새벽 0시부터 시작한다고 메신저 상태 메시지에 떴어."

"헐."

"안됐잖아."

"그래서? 그게 내 탓이라는 거야?"

"누가 네 탓이래?"

"아님, 밥상 앞에서 왜 그딴 소리냐고?"

"아휴, 학교에 다니다 보면 거슬리는 게 한둘이 아니잖아. 담탱이도 짜증 나고 엄마는 열받게 하고 화장은 안 먹는데 친구는 물건이나 훔쳐 가지."

"도둑맞았어?"

"몰랐어?"

"내가 어떻게 아냐? 뭘 도둑맞았는데?"

"케이스."

"연지곤지 케이스?"

"그렇대!"

"그렇대, 라니. 누가 도둑을 맞았다는 거야?"

"연주지 누구야."

"그래?"

미형은 불고기를 민정이 식판으로 건네주고 민정이가 남긴 김치를 대신 가져왔다. 하지만 민정이 김치도 금세 동이 났다. 남은 불고기를 모조리 민정이 식판으로 옮겨놓고 김치를 더 얻으러 갔다 왔다. 그사이 민정이는 밥을 다 먹은 것 같았고 남은 불고기를 질겅질겅 씹다가 휴지에 싸면서 뱉어냈다.

"곧 수학여행이라 용돈 모아 없는 연장까지 장만해야 할 마당에 있는 것마저 온통 도둑맞았으니 그 심정이 오죽하겠니?"

"맙소사."

하마터면 고개를 끄덕일 뻔했다. 가난한 집 딸들에다 용돈마저 한정된 터라 화장품 하나하나를 장만하기 위해 어떤 곡예를 벌여야 하는지 너무 잘 알기 때문이다.

그런데 뭔가 이야기의 흐름이 께름칙해서 왜 그런지 생각하고 있는데 민정이가 눈을 세모로 찡그리며 이렇게 말하는 것이었다.

"너 아니지?"

"뭐가?"

"연지곤지 케이스."

"헐. 너 지금 그거 내가 훔쳐 갔는지 묻는 거야?"

"아니면 말고."

"야!"

"쉿! 나야 당연히 네 편이니 그렇게 생각하지 않지. 하지만 애들이 레이더망을 가동하고 있다는 거 알아두라고 하는 말이야."

"그래도 그렇지, 이게 정말!"

"내 생각이 아니라고 몇 번 말해야 하니? 조심하라고 귀띔하는 거야."

그러더니 전혀 미형이 편 같지 않은 표정으로 식판을 들고 퇴식구로 가더니 뒤도 안 돌아보고 식당을 나갔다. 고개를 돌려 연주 쪽을 째려봤더니 시침 뚝 떼고 밥만 먹고 있다. 열심히 숟가락질하는데도 아직 밥이 반이나 남아 있었다.

'가증스러운 것, 그런 소문을 퍼트리고도 무사할 줄 알아? 묵언이라는 게 말만 안 하면 되나. 나쁜 생각 하지 말고 나쁜 말 하지 말라고 묵언이지. 무식한 것 같으니라고.'

더러운 건 피하자고 마음먹었다가 미형은 생각을 바꿨다. 기왕 오해가 넘친다면 묵언을 본격적으로 훼방 놓는 것도 괜찮을 것 같았다. 퇴식구를 향해 가고 있는 연주에게 따라붙었다.

"케이스 도둑맞았다더니 오늘 화장은 뭐로 했니? 새벽부터 잡화점에 갔을 리는 없고."

거기 가면 진열된 샘플로 최소한 기초화장은 가능하다. 아무리 화장에 관심 없는 중딩이라도 잡화점 가서 이것저것 두 번만 발라 보면 마음이 바뀌게 되어 있다. 미형과 민정이 모두 그렇게 해서 메이크업 세계로 입문했다.

"너 지난번 립스틱은 이만 원짜리 샀었지? 아까워라. 어쩌니. 립스틱 같은 건 되찾아도 다시 사용하는 게 쉽지 않은데. 남이 입술에 발라본 걸 사용하는 건 좀 그렇지. 아무리 아까워도 말이야."

"네가 내 케이스 가져갔니?" 미형이 원하는 것은 연주의 이런 질문이었다. 그래야 묵언도 깨지고 화를 돋울 수 있기 때문이다. 물론 연주가 그렇게 의심하더라도 미형이 케이스 안에 든 물건이 탐나서 한 짓이라고는 생각하지 않을 것이다. 그냥 골탕 먹이려고 어디에다 임시로 숨겼다고 믿을 확률이 높다. 미형 입장에서는 그것만으로도 괘씸하기 짝이 없지만 말이다.

"말을 해. 입을 열란 말이야."

계단을 올라가면서도 밉살스럽게 계속 깐족거렸으나 연주는 얼굴이 약간 푸르락거린 것 빼고는 동요하지 않았다. 입을 열기는커녕 같은 보폭을 유지한 채 저희 반으로 들어가 버려서 뒤에 남은 미형의 얼굴에 흥분지수가 높아졌다.

설마 네 케이스 내가 훔쳤다고 생각하는 거냐고 묻는 말이 입에서 왜 안 나왔는지는 오래 생각하지 않아도 된다. 연주와 미형 사이에는 해도 되는 말이 있고 해서는 안 될 말이 있다. 연주가 막돼먹은 애는 아니라는 것을 가장 잘 아는 사람이 바로 미형이다. 연주도 그렇게 생각하는지는 알 수 없지만 미형은 연주 앞에서 막 나가고 싶지 않다.

제법 친하게 지냈으나 둘 사이가 틀어진 지 일 년이 되어 간다. 아침에 횡단보도 앞에서 기다렸다가 같이 학교에 가곤 했는데 한두 번 시간이 어긋나다 보니 오해가 생겼다. 그즈음 연주의 모바일 메신저 상태 메시지는 '같이 가기 싫으면 말고'였다. 미형은 그게 아니라고 말하고 싶었으나 기회를 놓쳤다. 어떻게 된 일인지 뻔히 아는데도 화해가 어려운 건 이것이 자존심 싸움이기 때문이다.

• • •

종례를 기다리다가 화장실에 갔을 때였다. 소변을 보고 뒷마무리를 하는데 아이들이 우르르 화장실로 몰려들었다.

"있잖아…."

여러 명의 발소리와는 달리 작고 은밀한 목소리에서 비밀스러움이 전해져 칸막이 안에 있던 미형도 덩달아 조심스러운 몸짓을 했다. 누군가는 바로 옆 칸으로 들어왔고 누군가는 손을 씻었다. 사이사이 거울 앞에서나 있을 법한 대화도 오갔다.

"고기가 질기니까 그걸 다 민정이한테 준 거래. 인심 쓰는 척하면서."

"저 먹기 싫은 걸 남 줬단 말이지?"

"먹기 싫은 게 아니라 못 먹는 걸 민정이한테 넘긴 거지. 오늘 고기 엄청 질겼잖아."

"와 대박. 걔 왜케 못됐냐?"

그러면서 육두문자 중에서 S와 C가 남발했다. 미형은 그때까지도 그것이 자신의 이야기라고는 상상도 하지 않았다. 점심 시간에 고기가 나왔는지는 기억도 나지 않았으므로 무슨 소리인지 알아듣기도 힘들었다. 그녀 입장에서는 불고기를 먹지 않았으면 안 나온 것이나 다름없다. 기억에 없다면 일어나지 않은 일이나 마찬가지인 것처럼.

교실로 돌아왔을 때 민정이가 엄청 미안한 표정으로 쳐다보았으나 미형은 그 이유를 곧바로 눈치채지 못했다. 민정이가 말했다.

"그거 내가 소문낸 거 아니다."

"뭐?"

미형이 정말 모르는 눈치라는 것을 알아챘는지 민정이가 허심탄회하게 털어놓았다.

"고기 말이야."

미형의 무의식에 자신도 모르게 고기와 관련된 그림이 그려지고 있었던 것일까. 그 단어를 듣는 순간 화장실과 고기, 민정이, 먹기 싫음, 못 먹는 것이라는 단어나 구절들이 하나의 실타래로 꿰어졌다. 꺼림칙했다.

"그럼 누가 소문냈는데?"

"모르지 나도. 암튼 난 아니야. 난 그런 생각, 한 적도 없어."

"무슨 생각?"

그때부터 미형은 호모 사피엔스로 초기화되었다. 비로소 생각하는 인간이 된 것이다. 혼자 걸어서 집으로 돌아오면서 '고기'와 관련된 마음속 서랍을 만들었다. 서랍을 정리하면서 화장실에서 들었던 논리가 얼마나 허술한지를 단번에 요약해낼 수 있었다. 고기가 질기면 안 먹고 버리면 되지 왜 민정이한테 넘기나. 음식 남겼다고 벌금 물리는 사람도 없는데. 누구든 걸리기만 하면 그런 논리로 작살을 내야지 작정하고 나니 마음이 안정되면서 자유로워졌다.

마침 건물 엘리베이터 앞에서 연주를 만났다. 걸어서 오나 콩나물 마을버스에 실려 오나 도착 시간은 매한가지다.

"네가 소문냈냐? 급식으로 나온 고기 질겨서 못 먹을 것 같으니까 민정이한테 넘겼다고?"

엘리베이터에 오르고 문이 닫힐 때까지 대답이 없었다. 눈은 완강하게 바닥을 향해 있었다.

"말도 안 하는데 소문은 어떻게 내는 거냐? 문자로? 그것도 묵언인가?"

말이 다 끝나기도 전에 문이 열리고 연주가 내려 저희 집으로 들어가 버렸다. 발걸음만으로는 화가 났는지 아닌지 알아차리기 힘들었다. 집으로 들어가 방에 가방을 내려놓는데 문자 메시지가 왔다. 연주였다. 열어 보니 웃겼다.

……

"뭐야?"

말 시키지 말란 뜻인가 보다 싶어 가만히 물러서기로 했다. 생각해 보면 연주가 그런 소문을 냈을 리 없다. 연주는 그런 애가 아니다. 그걸 아니까 말도 안 되는 소리를 듣고도 길길이 화내지 않은 거다. 미형은 그런 기분을 글자로 만들었다.

어색하구나.

그때 엄마가 모바일 메신저로 전화를 걸어왔다.

"외할아버지가 노던준주에 계신단다. 이번은 틀림없는 것 같아. 아빠하고 할머니가 그쪽으로 날아갔어."

비행기 타고 갔다는 뜻일 텐데 미형의 귀에는 피터 팬의 날개옷을 입고 하늘을 훨훨 날아서 이동하는 할머니와 아빠의 모습이 그려졌다. 긴 코를 하고 붉은 목도리로 분장한 할머니의 의상은 그럴듯했으나 아빠는 아니었다. 하늘을 날더라도 아빠에게는 자기 옷이 없을 것 같다. 아빠는 추락할 것처럼 위태로웠다.

"이번에는 간격이 좀 빠르네."

그건 사실이었다. 앞선 사건인 '무장 강도'가 사실무근으로 밝혀진 지 채 이틀도 지나지 않았기 때문이다. 미형이 헤아리기에 '이번은 틀림없다'가 무려 스물여덟 번째다. 1년 동안 일어난 일이니 한 달에 두어 번가량 그 소동을 겪은 셈이다. 그때마다 기분이 한없이 가라앉는데도 남몰래 횟수를 세었다. 그 숫자는 뭐랄까, 물에 빠진 인어공주가 인간과 한 약속을 지키기 위해 다리의 비늘을 하나씩 뜯어내야 하는 슬픔을 상기시킨다. 반은 인간 반은 물고기에서 온전한 인간으로 건너가기 위한 몸부림이다. 엄마 아빠의 몸부림에는 태풍의 눈처럼 미형이 있다.

"식당에는 손님 많아?"

"그만그만해. 종업원 두 명과 나, 셋이서 감당할 수 있을 정도."

노던준주가 어디냐고 했더니 직접 지도로 검색해 보라고 했다. 토요일마다 파랍이라는 장터가 열리는데 외할아버지가 그곳에서 푸드트럭을 하고 있더라는 말은 도무지 신뢰할 수 없었다. 할아버지는 음식 만드는 것은 좋아하지만 음식 장사는 싫어한다. 돈을 벌어야 했다면 타일공 일을 찾았을 것이다. 외할아버지가 가치 있게 생각하는 일은 집을 짓는 것이다. 장터가 오전 8시에서 2시까지만 열려 부랴부랴 무리해서 날아갔다고 한다.

"트럭이니까 다른 도시로 가 버릴 수도 있잖아."

"그건 걱정 안 해도 될 것 같아."

엄마 목소리에 자신감이 배어 있었다. 외할아버지를 본 사람이 워낙 집안 사정을 잘 알기에 미리 조사를 다 했다는 것이다. 외할아버지 닮은 사람이 매주 토요일 그곳으로 오는지 어떤지를 말이다. 경계심을 주지 않기 위해 따로 물어보거나 수소문하지 않고 오직 먼 거리에서 푸드트럭을 바라보기만 하다가 외할아버지라는 확신이 들자 외할머니 식당으로 전화를 걸었다고 한다.

"단체 손님이다, 끊자."

엄마가 급하게 전화를 끊었다. 전화기를 내려놓고 고개를 드는데 팔짱을 한 이모가 지켜보고 있었다. 언제부터 지켜보았는지 알 수가 없었다.

코끼리 방귀 소리

501호 화장실 바닥에 난 흠을 꼼꼼히 수리하고 다시 사용한지 하루가 지나고 나자 연주네로부터 전화가 걸려왔다. 새벽 시간이었다.

"며칠 마르는 것 같더니 물이 다시 떨어지고 있잖아요!"

연주 엄마는 아래층으로 내려간 할머니에게 격앙된 목소리로 항의했다. 미형은 할머니가 움찔 몸을 떠는 걸 지켜보아야 했다. 계속 서 있지는 않았지만 연주 역시 두어 번 다가와 현장을 확인하고는 씩씩대다가 자기 방으로 사라지곤 하였다. 난감한 순간이었다.

북자 이모가 침착하게 앞으로 나섰다.

"그럴 수도 있다고 미리 설명해 드렸는데요?"

"미리 설명했든 말든 이게 뭐야, 이게 도대체 뭐냐고?"

연주 엄마의 "이게 뭐냐고!"가 최상의 옥타브에서 찢어지고 연주 아빠마저 다가와 지원 사격을 하자 미형은 간이 쪼그라들고 다리 힘이 풀려 버렸다. 학교도 못 갈 것 같았다. 억울하고 분했다. 이럴 수도 있는 상황임을 삼환 아저씨가 얼마나 강조했던가.

궁리 끝에 북자 이모가 말했다.

"세면대를 딱 하루만 사용해 보고 공사를 결정하면 안 될까요?"

"그러다 물이 새면요? 우리가 그 물을 또 덮어쓰라는 겁니까?"

요지부동이었다.

"그럼 401호 입장에서는 이 문제를 어떻게 풀었으면 하는 거예요?"

그러자 연주 엄마는 무허가 아저씨 이야기를 꺼냈다. 갑자기 해고당했으니 그 기분이 어떻겠느냐는 것이었다.

"아니, 그 사람 기분을 우리가 왜 고려해야 한다는 거야?"

북자 이모가 미형의 귀에다 대고 낮은 비명을 질렀다. 501호는 무허가 아저씨와 계약을 맺은 적이 없었기에 해고한 바도 없었다.

집으로 올라온 할머니가 결심이 선 듯 삼환 아저씨에게 전화를 걸었다.

"실험 고만하고 공사 시작하만 안 되여?"

할머니 역시 문제가 빨리 해결되기를 바라는 사람이었다. 그런데 한참 통화하던 할머니가 설득당한 듯 갑자기 위축된 목소리로 오그라들었다.

"그러만요. 거기가 어디라고 함부로 건디리여."

전화기를 내려놓은 뒤에는 이렇게 말했다.

"집이 허락해야 화장실을 건디리지 허락을 안 하면 자기도 어쩔 수 없단다."

"그게 무슨 소리야, 할머니?"

"배라먹을 년아, 귓구녕이 맥혔냐?"

괜히 얻어맞기만 했다. 도대체 내가 뭘 어쨌다고, 미형은 자신이 동네북인 것만 같았다.

북자 이모도 삼환 아저씨 말이 맞는 것 같다고 했다. 공사를 다 끝내고 물을 사용했는데 여전히 물이 샌다면 그때는 정말 모두가 난감해지는 거라며 고개를 저었다.

"그런 일이 가끔 생긴다더라."

"헐."

아직 공사를 시작하지도 않았지만 상상만으로도 머리가 어지러웠다. 호주의 아빠와 통화했더니 401호에서 그렇게 나온다면 할 수 없는 거라고 했다.

"배 째라는 작전으로 나가볼까?"

"공사를 원하는 것 같지 않으니까 원할 때까지 기다려 봐야지 뭐. 우리야 거실 화장실 사용 안 해도 큰 불편은 없잖아."

다른 수가 있는 것도 아니어서 북자 이모가 시키는 대로 며칠 침묵 상태를 유지했더니 어느 날 저녁 연주 엄마가 뛰어 올라왔다.

"어쩔 거예요? 지난번 그 아저씨는 당장 공사할 수 있다고 전화하는데 왜 답답하게 가만히 있는 거예요? 부엌 천장 열어놓고 그 밑에서 밥해 먹어야 하는 우리 심정 알기나 해요?"

또 무허가 이야기였다. 지금까지는 연주 엄마 앞에서 그 아저씨를 무허가 아저씨라고 지칭한 적이 한 번도 없었다. 그냥 "가게가 없는 것 같으니…"라는 말로 에둘렀을 뿐이다. 북자 이모가 이번에는 마음을 달리 먹었다.

"지금 무허가에다 공사 맡기자는 겁니까? 공사 잘못되면 어떡하려고요?"

연주 엄마는 갑자기 헉, 하고 쇳소리를 내면서 자기 집으로 돌아갔다. 무허가라는 단어에 놀란 것 같았다. 여태 그 아저씨가 무허가라고는 생각지도 못했던 것처럼. 순전히 심증에 불과하지만 미형은 뭔가 있는 게 분명하다고 느꼈다. 501호 화장실을 501호 돈으로 고치려는 상황에서도 무례하게 나오는 걸 보면 미형이나 북자 이모가 상상하지 못한, 절박한 무엇이 있는 건지도 모른다.

약 한 시간가량 지난 뒤에 501호로 전화가 걸려왔다. 401호였다.

"좀 내려오실래요?"

삼환 아저씨도 부르라고 했다. 미형은 자신의 집이 격전지가 된 느낌이었다.

20분이나 시간을 끌다가 내려갔더니 삼환 아저씨도 막 도착한 참이었다. 못 보던 사람이 있어 물었더니 연주네 사촌오빠이고 이런 문제를 잘 안다고 했다. 나이가 많아 봐야 20대 후반이나 30대 초반으로 보였다.

연주 엄마는 사람들을 주방으로 데려갔다. 며칠 사용을 안 해서 그런지 물방울은 아주 가끔만 떨어졌고 곰팡이 슨 부분은 그럭저럭 제거되어 흉한 몰골은 면한 것 같았다. 연주 엄마가 뭐라고 설명을 시작하다가 연주 사촌오빠를 쳐다보면서 직접 이야기해 보라고 했다.

"제 생각으로는요…."

저기 천장을 조금만 뜯으면 물이 새는 위치가 파악될 거라는 논리였다.

"그렇게 보일 수도 있지만 그렇지 않을 수도 있습니다."

삼환 아저씨가 반대 의견을 개진했다.

"집을 지을 때 원래는 배관을 훤히 노출해야만 하는 것이지요. 아파트 화장실 천장을 뜯어보면 배관 구조가 한눈에 들어옵니다. 하지만 여기는 다르게 되어 있습니다. 배관을 실내가 아니라 밖으로 빼면서 얼지 말라고 밑에다 스티로폼을 잔뜩 댔습니다. 스티로폼에 감싸인 상태로 배관에서 물이 새면 물방울이 간헐적으로 떨어지는 게 아니라 똑똑똑 규칙적으로 떨어집니다. 하지만 지금 보시다시피 물방울이 맺혔다가 떨어지는 간격이 규칙적이지는 않으니 바로 위 배관 어딘가에서 물이 떨어진다고 보기는 어렵습니다."

"아니, 그게 다 무슨 소립니까?"

그렇게 질문한 것은 어느새 나타난 연주 아빠였는데 모두가 공감한 것처럼 미친 듯이 고개를 끄덕였다.

"도대체."

우왕좌왕 본격적인 난리가 난 것은 그때부터였다. 물이 샐 때 물방울이 불규칙하게 떨어졌던 것 때문은 아니었다. 어른들을 자극한 것은 "배관을 실내가 아니라 밖으로 빼면서"라는 말 같았다. 그것부터 설명해 보라고 하자 삼환 아저씨가 한숨을 푹 내쉬었다.

"저는 집의 하자를 수리하는 사람입니다."

그러고는 말문을 쉽게 잇지 못했다.

"한편으로는 집을 짓는 사람들이 있습니다."

"그래서요?"

"집을 원활하게 수리하려면 그 집을 지은 사람의 마음을 짐작할 수 있어야 합니다."

"집수리하는 사람이 점쟁이라도 되어야 한다는 뜻인가요? 화장실에 물이 새는 건 말 그대로 어딘가에 구멍이 난 건데 거기서 집 짓는 사람의 마음이 왜 나옵니까? 왜 사태를 추상화시킵니까?"

연주 사촌오빠가 톡 쏘았다.

"집에 생긴 구멍은 집의 상처인 셈입니다."

"이 사람이 정말…."

"집 짓는 사람이 집 짓는 매뉴얼에 따라 집을 지었다면 수리를 할 때도 수월하겠지만 집 짓는 사람이 집 짓는 법에 따르지 않고 자기만의 기준으로 집을 지으면 나중에 하자가 생기더라도 저희 같은 사람이 애를 먹습니다."

삼환 아저씨의 말은 하소연처럼 들렸다. 돈 받고 공사하는 사람이 의뢰인에게 하소연이라니. 모두가 화난 표정이었다. 집을 수리하는 사람이 집 짓는 사람의 마음을 알아야 공사를 진행할 수 있다는 건 할머니가 '집이 듣는다'라고 입조심시키는 것보다 더 지독한 헛소리가 아닌가.

"설계도가 있잖습니까? 구청에 가면 그게 다 보관되어 있을 텐데요."

연주 사촌오빠였다. 그나마 얼마간 말을 알아들었으니 그런 말을 했을 것이다.

"기왕 여기까지 온 거 솔직히 말씀드리겠습니다."

삼환 아저씨는 결심한 듯 시작했으나 도대체 무엇에 대한 결심인지는 여전히 오리무중이었다. 삼환 아저씨 시선은 오랜 단골인 미형의 할머니 얼굴에 머물러 있었다.

"설계도에 하수관 같은 것은 나와 있지 않습니다. 나와 있다고 하더라도 이런 예외적인 상황에서는 소용이 없겠지만요."

삼환 아저씨는 협회를 통해 우리 집 배관을 놓은 사람을 수소문해 찾아냈다고 한다.

"하지만 그는 자신이 이 집 하수관을 어떻게 놓았는지 기억이 안 난다고 했습니다. 큰일 났다는 것을 그때 알았지요."

"잠깐만요."

그때 연주 아버지가 감을 잡기 시작했는지 처음부터 차근차근 질문했고 마침내 이런 결론에 도달했다.

"이 집을 건축업자가 건축 규정에 따라 짓지 않고 자기 맘대로 지었다는 겁니까?"

"이미 그렇다고 말씀드렸잖습니까."

그랬다. 모두 뒤늦게 말귀를 알아먹은 것이다.

"5층은 특히 그렇습니다."

"그걸 어떻게 확신합니까?"

삼환 아저씨는 그 증거로 401호 부엌 위는 501호의 부엌이나 화장실이 아니라 화장실 옆에 붙은 방이라고 했다. 건물 밖으로 나가 살펴보면 각각의 창문 위치가 어떻게 다른지 확인할 수 있을 거라는 것이다. 극단적으로 말해 501호 화장실 하수 배관은 작은 방의 바닥을 한 바퀴 돌아 401호로 연결되었을 가능성이 있다. 그렇게 되면 방바닥은 물론 방과 화장실 사이의 벽을 허물어야 하는 비현실적인 사태에 직면하게 된다. 화장실 배관이 501호 부엌을 거쳐 아랫집 배관으로 연결된 경우에도 곤경을 피하기 어려웠다. 대공사를 겪어내야만 집수리할 수 있기 때문이다. 그러한 설명이 끝난 뒤 죽음과도 같은 침묵이 약 1분간 이어졌고 그나마 말귀를 잘 알아듣지 못한 탓에 희망이 완전히 뭉개지지는 않은 미형의 할머니가 두루뭉술한 질문을 던졌다.

"왜요? 우예 그런 거라요?"

"왜겠습니까?"

"글씨. 왜요?"

삼환 아저씨는 차마 입을 열지 못했지만 "평수를 더 넓히기 위해서."라는 대답은 집채만 한 코끼리의 방귀 소리처럼 또렷한 소리가 되어 거기 모인 사람들 사이를 맴돌았다. 다만 희한하게도 그 순간 401호와 501호는 처음으로 마음이 맞았다. 연주 아버지의 한 마디가 그 증거라고 할 수 있다.

"집 짓는다는 놈들!"

공감 타이밍을 놓칠세라 북자 이모는 "그놈들이 이 집에다가 도대체 무슨 짓을 한 거죠?"라고 하더니 자신도 깜짝 놀란 듯 이런 질문을 덧보탰다.

"집을 이따위로 지었다는 걸 알면서도 국가에서는 건축 허가를 내준 거예요?"

"……."

"뒷감당은 고스란히 우리 같은 사람들 몫이고?"

말없이 한참 고개만 끄덕이더니 드디어 삼환 아저씨가 나섰다. 원하는 순간이 왔다고 판단한 것 같았다.

"어쨌거나 배관이며 하수관 같은 게 어디로 어떻게 연결되어 있는지 직접 열어 보지 않고서는 알 수가 없습니다."

그러니 차근차근 물 새는 곳부터 찾아 나가자고 설득할 줄 알았다. 만약 그랬더라면 앞으로는 기꺼이 협조하겠다며 401호마저 고개를 끄덕였을지도 모른다. 연주 엄마의 표정으로 보아 분명히 설복을 당한 얼굴이었기 때문이다. 하지만 삼환 아저씨의 뒷말은 예상과는 달랐다.

"솔직히 꺼림칙합니다."

그렇게 운을 떼고 나더니 다음과 같은 결론을 내렸다.

"이 집 화장실 바닥을 열어 보는 게 두렵습니다. 저는 아무래도 못할 것 같습니다."

조회 수 1의 의미

401호와 501호가 각각 생각에 빠진 사이 연주는 이틀간이나 학교를 쉬었다. 얼굴이며 어깨와 팔에 모낭염이 생겼다는 것이다. 모낭염 자체가 결석의 사유라기보다는 병원에서 처방해 준 약이 너무 독해 드러눕고 말았다는 것이 SNS(소셜 네트워크 서비스)에 올라온 내용이었다. 첨부된 사진을 본 민정이가 "대박!"을 연발했다.

"연주 팔 두 짝 다 완전 초토화됐네."

좀 보라며 휴대 전화를 미형에게 들이댔다. 미형의 눈에는 그저 팔에 난 오돌토돌한 여드름으로 보였다.

"외계인들이 점령한 것 같지 않니? 몸을 점만큼 작게 축소해 방공호를 파고 그 안으로 들어가 숨어 있잖아. 도대체 방공호가 몇 개야? 외계인이 모두 몇 마리냐고?”

“헐.”

“불쌍해. 연주는 이제 외계인들의 숙주가 되고 말았어.”

미형의 귀에는 숙주가 숙소로 들렸다. 이거나 저거나 다 정신 나간 소리이기는 마찬가지였지만 말이다.

“내 눈에는 네가 외계인 같다.”

“칫, 이렇게 예쁜 나한테 무슨 그런 악담을.”

거울을 들여다보면서 하는 소리였다.

“외계인은 못생겨서 외계인인가?”

“당연하지.”

“그러다가 너 테러 당한다.”

“수학여행 갈 때는 연주 다 낫겠지?”

미형은 대꾸하지 않았다. 속으로는 쌤통이라고 생각했지만 연주가 지난번 두드러기처럼 모낭염을 누수와 연관시키면 어쩌지, 하는 걱정은 남아 있었다. 몸에 난 두드러기가 누수 스트레스로 인한 것이라는 판단은 의사가 아니라 연주 스스로 내려 소문을 퍼트리면서 아이들 사이로 떠돌아다녔다. 너무 기가 막혔지만 반박할 말이 없어 가만히 지켜보기만 했는데 다행히 곧 잠잠해졌다.

그런데 이번에는 모낭염이라고?

하지만 몸을 앞으로 돌려 바른 자세를 취하자 방금 휴대 전화에서 보았던 장면은 기억의 자취에서 쓸려나가 먼 곳으로 사라졌다. 사실 연주의 감정 기복 이상으로 심각한 것은 북자 이모의 2인 카페였다. 이를테면 그것들이 미형의 스트레스인 셈이다.

“엇?”

또다시 기회가 와서 북자 이모의 노트북을 엿보았는데 맨 위의 글에서 읽음 표시가 1이라고 정확히 나타나 있는 걸 보았다.

‘맙소사!’

북자 이모가 자신의 글을 보고 또 보았다고 표시될 성질의 숫자가 아니지 않나. 분명히 추추가 다녀갔다. 비공개 카페이므로 그렇지 않고서는 하늘이 무너져도 나타날 수 없는 숫자였다.

‘추추는 외할아버지인데?’

내가 뭘 잘못 생각했나? 혹시 뿍뿍이도 추추도 모두 북자 이모인가. 이를테면 두 개의 아이디를 가지고 1인 2역 놀이 같은 걸 하는. 아무리 외로운 독고다이 북자 이모라 해도 그런 짓까지 하지는 않겠지? 아니다. 학교 국어 선생님 말대로 상상할 수 있는 거라면 무슨 일이든 일어날 수 있는 시대다. 있을 수 없는 일은 존재하지 않는 세상에서 우리는 살고 있다. 미형은 이럴 때가 아니다 싶어 며칠 전 보았던 댓글을 확인하러 그 글을 찾아 들어갔다.

그나저나 추추, 하마터면 복면 쓰고 호주 은행을 턴 무장 강도가 될 뻔한 거 알아? ㅋㅋ

눈을 부릅뜨고 문구를 들여다보았다. 반말하기는 했지만 아무리 봐도 추추는 미형의 외할아버지였다. 아빠에게 반말하는 애들은 미형의 반에도 수두룩하다. 그러니 외할아버지라야 말이 된다.

"우리 아버지가 무장 강도라니, 호호호."

북자 이모가 그렇게 박장대소했던 것과도 연결되는 대목이었다. 만약 호주 은행을 턴 무장 강도가 잡히지 않았더라면 외할아버지는 미형의 가족에게 여전히 무장 강도 후보로 남아 있을 것이다. 외할아버지가 은행을 털 수도 있다고 믿는 사람들에게는 말이다. 그런 외할아버지 추추가 북자 이모의 카페를 다녀갔고 발자국을 남겼다면 어딘가에 살아 있다는 이야기가 된다. 그것도 무사히! 잘! 멀쩡하게!

혹시 이 모든 것은 연극인가. 터무니없는 가면극에 내 부모님이 동참하고 있다는 것인가. 진실이 뭔지도 모르는 채로?

미형은 북자 이모랑 터놓고 이야기해야 할지 아니면 계속 염탐하면서 지켜보아야 할지 따져보았다.

반 친구 찬이의 도움을 받으면 카페를 해킹하는 것이 가능할지도 모른다. 북자 이모와 미형은 현재 같은 와이파이를 사용하고 있다. 뭘 어떻게 해야 할지 미형은 메모장에 끄적이며 고민했고 마침내 결심을 굳혔다.

"이모, 얘기 좀 해."

정공법으로 나가기로 했다. 궁금해 죽겠는데 계속 우회하면서 빙빙 돌리는 거 죽어도 못한다. 아마 속 터져서 죽고 말 거다.

"옥상으로 올라올 수 있어?"

"물론이지."

미형은 옥상에서 북자 이모와 밋밋하게 마주 섰다. 처음에 무슨 이야기를 어떻게 꺼내야 할지 막막했다.

이모 카페를 보았다고 말하는 건 너무 뻔뻔스러운 거 같다. 날씨가 좋다거나 별이나 달이 예쁘다고 말할 수도 없었다. 오늘 날씨는 도깨비가 춤추며 지나가는 것처럼 온종일 찌푸리며 변덕을 부렸다.

잠시 화려하게 불 켜진 서울 시내를 내려다보면서 스스로를 세상 속에 파묻었다. 북자 이모는 서 있는 위치를 바꾸더니 휴대 전화로 사진을 찍어 미형에게 보여 주었다.

"예쁘다."

흐린 날 모든 것이 죽어 버리고 가로등만 슬프게 살아 있는 T자형 골목이었다. 편집해서 사진을 확대했더니 이미지가 제법 괜찮았다. 가로등 불이 연한 연둣빛을 발산하는 게 미형은 너무 신기했다. "귀신 하나만 뜨면 딱일 것 같다."고 했더니 북자 이모가 기다리라고 했다.

"잘 봐."

북자 이모가 휴대 전화로 랜턴 기능을 만들어 자신의 턱 밑에 갖다 대자 정말 처녀귀신이 나타났다. 묶은 머리를 풀어 내리자 귀기가 제법 살아났다. 미형은 휴대 전화로 재빨리 처녀귀신을 찍었다.

"이거 내 SNS에 올려야지."

그랬는데도 별다른 저항이 없으니 재미가 없었다. 어른들과의 대화는 둘 중 하나다. 폭력적이거나 싱겁거나. 아니면 싸늘한 뒤끝을 남긴다. 민정이처럼 순간순간 대들고 말로써 반항하며 시비를 걸어야 가슴이 뛰는 법인데. 연주와의 말놀이도 매순간 재미있었다. 어쩌다 틀어졌지만 언젠가는 회복하리라 본다. 어른이 되기 전에 말이다. 어른이 된다는 것은 말놀이를 그만두는 거라는 생각이 들 때가 있다. 행여 옆 사람의 기분을 거슬릴까 봐 노심초사하면서, 괜찮지 않은데도 괜찮다고 되뇌면서 눈치나 보는 거라면 난 어른 같은 거 되지 않을 테다. 말놀이는 언제 어디서나 계속되어야 하니까. 토닥토닥 싸우기. 미형에게 그건 비타민이다.

"이모는 사회적인 이미지나 뭐 그런 것에는 관심 없어?"

북자 이모는 대답하지 않고 웃기만 했다.

어쨌거나 그러는 사이 미형은 기분이 조금 풀어져서 이야기 꺼낼 용기를 얻었다. 우선은 100미터 앞에서 출발해 서서히 목표물로 다가갈 작정이었다.

"외할아버지는 어쩌다 타일공이 되신 거야?"

"응. 나도 들은 이야기지만 우연히 그렇게 되셨대."

"직업인데, 우연히?"

"1970년대는 산업화 붐을 타고 서울 사람들이 새로운 형태의 집을 짓기 시작했잖아. 아파트에 눈을 뜬 거지. 외할아버지는 집 짓는 기술을 배우면 가족을 먹여 살릴 수 있겠다고 생각했대. 처음에는 미장공 타일공 일을 닥치는 대로 배웠지. 나중에는 한탄강 모래를 퍼 와 팔아서 큰돈을 벌었대. 그 덕에 일곱이나 되는 자식들 다 공부시켰으니까 외할아버지 참 훌륭하시지 않니?"

"응, 그러네."

내 목소리가 시들했기 때문일까. 북자 이모가 수습에 나섰다.

"물론 공부에 흥미가 없는 예도 있었고."

그게 미형의 엄마라고 꼭 집어서 말하지는 않았다. 아무리 공부에 흥미가 없었어도 일곱 명 중에서 혼자만 대학 못 가면 억울했을 텐데 엄마는 어떻게 견뎠을까.

"그런데 이모, 뭐 하나 물어봐도 돼?"

"어, 뭐든."

"음… 물어보기 전에 사과부터 해야 할 것 같아. 나 사실 이모 카페 글 좀 훔쳐봤어. 〈아궁이가 있는 집〉 말이야. 미안해."

"역시 그랬구나. 괜찮아. 비밀 같은 거 아니야. 2인 카페여서 회원은 딱 두 명. 나 말고 다른 사람 닉네임은 추추인데… 누군지 알면 깜짝 놀랄걸?"

"외할아버지?"

"오!"

이번에도 말놀이는 쉽게 중단되었지만 조금 전과는 달리 안도감이 느껴졌다. 몇 단계를 힘겹게 거쳐도 진실에 대한 고백을 받을까 말까 한 이야기를 단 두어 마디로 압축해서 말해 주니 고맙기도 하고 놀랍기도 했다. 축지법이 생각났다.

"추추 어때? 내가 지어 준 이름인데."

"차라리 추장이라고 하지 그랬어?"

"추장?"

"외할아버지는 우리 집안 추장이시잖아. 물론 실권은 외할머니가 쥐고 있지만."

"상황 파악 능력 대단한데?"

"뭘 그 정도를 가지고."

잠시 침묵이 흘렀으나 미형은 얼른 정신을 차렸다.

"도대체 왜 그러는 건데?"

"뭐가?"

"조회 수 1이라고 뜨는 거 봤어. 그건 외할아버지가 읽었다는 거 아니야?"

"…맞아."

"어디 계시는지 알아?"

"모르지. 모르니까 말을 거는 거잖아. 카페는 예전에 만든 건데 아주 오랫동안 사용을 안 했어. 이번에 너희 집에 와 있으면서 우연히 생각나 카페로 들어가 쪽지도 보내고 말도 걸고 했던 거야. 추추 무사히 잘 계시나요? 거긴 어때요? 하면서. 그런데 간밤에 외할아버지가 그걸 읽은 거야. 나도 몇 시간 전에 알고 충격받았어."

"칫. 그럼 외할아버지는 사라지신 거네. 행방불명이 아니라."

"아마도."

"왜?"

"나야, 모르지."

"짐작 가는 것은 있을 거잖아. 그러니까 카페를 다시 들어가 본 거고."

"글쎄."

"아님 무슨 마음으로 카페로 들어가 추추에게 말을 건 건데?"

"그러게. 한 마디로 설명하기 어렵구나."

"그래도 설명해 봐. 나 남의 말 잘 알아들어."

"세상에는 이해할 수 없는 일들도 있어."

"이해는 나한테 맡기고 설명이나 하라니까."

"화났어?"

"얼른."

미형은 발을 탕탕 굴렀다. 슬리퍼라 소리가 묵직했다.

"음… 외할아버지는 말이야… 아… 잘 설명을 못하겠다. 너 설명 안 듣고 앞으로 좀 지켜보면 안 되겠니?"

"싫은데."

"대신 너도 그 카페로 초대할게."

"응?"

미형은 인상을 쓰고 대들다가 반색하고 말았다. 정회원이냐고 물었더니 그렇다고 했다. 거래 조건치고는 나쁘지 않았다.

"카페지기를 너한테 인계할 수도 있어."

그건 사양했다.

용건이 끝나고 나자 분위기가 어색해졌고 미형의 기분은 다시 저조해졌다. 호주에 가 있는 부모님 얼굴이 자꾸 어른거렸다. 얼른 방으로 들어가 틀어박히고 싶었다.

"일단 알았어. 오늘 면담은 이걸로 끝. 그럼 난 바빠서…."

먼저 내려가겠다며 돌아섰다가 한 마디를 더 남겼다.

"지금 바로 초대 부탁해. 기다릴게."

북자 이모 마음이 바뀔까 봐 두려웠기 때문이다. 계단을 내려가 현관 비밀 버튼을 눌렀을 때는 기분이 더 가라앉았다. 소용돌이를 만난 느낌이었다.

추추, 잘 지내시나요?

며칠 뒤 미형은 카페에 들어가 신고식을 했다. 요란한 이모티콘과 사진으로 글을 꾸몄으나 올리기 직전 다 지우고 간결하게 나갔다. 닉네임은 자신의 꿀꿀한 기분을 가리기 위해 깐따라비야로 정했다.

뿍뿍이와 추추님, 반갑습니다.
저는 깐따라비야라고 합니다. 만화영화에서 따온 이름입니다. 이 카페에서만큼은 4차원 소녀가 되고 싶다는 뜻을 담았습니다.
<아궁이가 있는 집> 좋아요. 우리 집에도 아궁이가 있거든요.

회원으로 받아 주셔서 감사합니다.

영광입니다. 앞으로 잘 부탁드릴게요. 꾸벅~

미형의 집에 아궁이가 있다는 것은 사실이었다. 그녀의 책꽂이에는 몇 권의 그림책이 있고 그 그림책 안에는 아궁이가 있었다. 그림책을 하우스에 포함해야 할지 홈에 포함해야 할지는 모르겠으나 미형의 집 안에 들어와 있는 것이 곧 집이므로 미형의 집에 아궁이가 있다는 것은 결코 헛소리가 아니다.

북자 이모가 깐따라비야가 누구라고 미리 밝혔는지는 물어보지 않았다. 그래서 반응이 어떻게 나오나 무척 궁금해 뻔질나게 카페를 드나들며 방문 기록과 조회 수를 살폈다. 한 시간 동안 열 번은 들어가 봤으나 아무런 반응이 없었다. 할 수 없이 북자 이모에게 문자를 보냈다.

내 글 밑에 환영한다고 댓글 좀 달아 주면 안 돼?

어, 그래? 알았어.

좋은 생각인 것 같다는 문자 메시지가 왔고 잠시 뒤 이모는 다음과 같은 댓글을 달았다.

깐따라비야, 환영합니다. 앞으로 즐거운 이야기 나누면서 행복한 시간 보내요.

미형은 다시 북자 이모를 설득했다. 〈아궁이가 있는 집〉과 관련해 말할 때는 오직 카페라는 방식으로만 대화를 나누기로 한 탓에 안방으로 찾아가지 않고 쪽지로 의사를 전달했다.

- 나는 그냥 깐따라비야로 글을 올렸지만 이모는 그러면 안 되지. 얼른 지우고 미형아, 환영해, 라고 한 번만 말해 줘. 그래야 외할아버지가 앞뒤 상황을 헤아릴 거잖아.
- 알았어. 그런데 왠지 네가 나를 컨트롤하는 것 같구나.
- 컨트롤이라는 말 너무 불순하다. 주인공이라는 단어도 있잖아.
- 아, 네 주인공님 ㅎㅎ 우리 미형이 다 자란 것 같아 대견하네.

그렇게 해서 인사말과 카페지기의 환영 인사가 완성되었다. 남은 것은 추추의 반응이었다. 이제는 무슨 말이든 남길 수밖에 없을 것이라고 보았다.

다시 기다림이 시작되었다. 예상과는 달리 한 시간, 두 시간이 지나고 사흘이 넘어도 반응이 없었다. 아예 방문 기록 자체에 변화가 없었다. 그렇지만 추추가 카페에 들어오지 않은 상태로도 카페의 변화를 눈치챘을 수 있다. 방문자 수와 조회 수를 남기지 않아도 새 회원이 들어왔다는 사실이 어느 정도 드러나는 게 인터넷 카페의 특성이기 때문이다. 카페 겉모습을 다 보고 있어도 클릭하지만 않으면 기록으로 남지 않으니까. 그렇다면 글을 다시 써야 할까. 추추, 잘 지내시나요? 단도직입적인 제목으로 말을 걸어 버릴까. 그런 생각을 하는 순간 이상하게도 이모가 의심스러워 물어볼 수밖에 없었다.

▤ 설마 추추에게 따로 쪽지를 보내거나 한 건 아니지?

▤ 어머, 아닙니다. 깐따라비야님. 무슨 그런 섭섭한 말씀을!

▤ 알겠습니다. 그럼, 기다려보는 것으로 하겠습니다.

사실 추추가 인사말을 건네 와도 뭐라고 대답해야 할지, 미형은 아무런 대비책이 서 있지 않았다. 속으로는 말을 걸까 봐 두려웠다. 추추가 외할아버지인 건 사실이지만 왠지 모르게 어색하고 겸연쩍었다. 그동안은 다정하고 자애로운 외할아버지였지만 미형이 잘 모르는, 여태까지 한 번도 본 적 없는 외할아버지를 만나게 될까 봐 겁이 났다.

• • •

추추의 연락을 기다리는 사이 수학여행이 다가와 제주도행 비행기를 탔는데 시작부터 조짐이 좋지 않았다. 미형은 공교롭게도 또다시 연주와 연결되었다. 모낭염 때문에 수학여행을 취소했다가 다시 신청하는 바람에 외진 자리에 혼자 앉게 된 연주가 미형을 옆자리로 불렀다. 승무원을 통해 부탁해 와 자리를 옮기지 않을 수 없었다. 흥분지수가 높은 상태여서 비틀거리며 뒷자리로 갔더니 연주가 창가 쪽을 가리키며 들어가 앉으라고 말했다.

"이렇게 구석 자리에 혼자 앉게 된 것도 내 탓이겠구나?"

"당연하지. 너희 집에서 물만 안 샜다면 내 팔에 모낭염도 안 생겼을 테고 난 수학여행을 취소하지도 않았을 거야."

"그래, 알았으니까 용건이나 말해라. 비행기 이거 바다에 처박아버리자, 그런 거 빼고."

연주가 비웃는 표정으로 팔짱을 꼈을 때 비행기가 이륙한다는 방송이 나왔다. 미형은 왠지 그래야 할 것 같아 휴대 전화를 꺼내 종료 버튼을 누르려다가 멈칫 놀랐다. 카페에서 알림이 들어와 있었다. 열어 보지 않아도 짐작할 수 있었다. 미형이 올린 글에 댓글이 달린 것이다. 재빨리 손을 움직여 내용을 확인했다.

▤ ㅁㅣ혀ㅇ

그렇게만 표시되어 있었다. 아무리 살펴봐도 다른 내용은 찾을 수 없었다. 그러는 사이 분위기가 급박해져 종료 버튼을 눌려야 할 상황이 오고 말았다.

때맞춰 이륙한 비행기가 절묘하게 감정을 고양시킨 것일까. 온몸에서 소름이 돋았다. 마치 외할아버지를 만나러 가기 위해 비행기가 출발한 느낌이었다. 옆에서 연주가 뭐라고 했으나 귀에 들어오지 않았다. 오직 외할아버지가 쓰다만, 어눌하면서도 불구적인 그 글씨만이 미형의 마음을 사로잡았다. 글씨를 떠올리는 순간마다 자신의 이름도 조각나고 마음도 조각나는 것 같았다. 그래서일까. 미형은 잠시 기침에 시달렸다. 기침하면서 생각했다. 노인이니까 SNS에 글자 치는 게 불편해서 그랬겠지? 얼추 생각해도 외할아버지의 연세는 79세 아니면 80이다. 비교적 정정하였고 동안이기는 하지만 말이다.

그때 연주가 말을 걸었다.

"왜 기침하니?"

"응?"

미형이 왜 기침하는지는 길게 생각할 필요가 없었다. 평소에도 온도가 급격히 변하면 틀림없이 재채기와 기침이 났다. 에어컨에 오래 노출되면 특히 그랬다. 좀 덜 떨어진 느낌이 드는 건 사실이다. 미형은 창가에 앉은 탓인 것 같다고 대답했다. 고도가 높으니 그럴 수도 있지 않나. 사실 오른쪽 어깨에서 선뜻한 공기가 느껴져 거슬리던 참이었다. 그런데 연주는 미형의 말을 믿지 않고 반복해서 물었다.

"왜 기침하니?"

그때마다 약간씩 대답을 달리했다. "추워서.", "우리 가족이 좀 그래, 체질이거든.", "시간이 지나면 적응해서 기침 안 할 거야." 등등. 연주는 이 말도 저 말도 믿지 않았다. 대신 사스나 코로나바이러스 환자 대하듯 정색했다. 정상적인 친구 관계였다면 "자리 바꿔줄까?" 하고 빈말로라도 물었겠지만, 연주와 미형은 그만한 생각은 못하는 나이다(아닌가?). 연주는 상체를 반대편으로 빼고 손으로 입을 막더니 얼굴까지 찡그렸다. 참 애쓴다는 생각이 들어 웃음이 나려 했다. 1년째 행방불명인 외할아버지가 실은 행방불명인 척하고 있는 것이 꿈이 아닌 현실임을 생각하면 연주의 반응은 차라리 정직한 데가 있다.

"오라고 할 때는 언제고 바이러스 취급이야."

그렇게만 말하고 내버려뒀다. 스트레스란 결국 자신이 만드는 것이다. 스스로 만든 스트레스 탓에 시달리는 것도 자신이다. 자신의 기분이다. 그런데 다들 그 기분을 남을 통해 풀려고 한다. 빨리 용건이나 말하라며 다그쳤더니 연주가 말했다.

"넌 그만 가 보고 민정이나 오라 그래."

"뭐야?"

미형은 뚜껑이 열렸다. "왜 기침하니?"라는 반복된 질문을 받고도 의연했으나 하녀 대접은 용서가 안 된다.

연주는 한술 더 떴다.

"나 이 와중에 감기까지 옮고 싶진 않거든. 감기인지 그보다 더 지독한 바이러스인지는 알 수 없지만."

"하아."

"빨리 나가."

무릎을 의자에 바짝 붙이며 친절하게 길까지 열어 주었다. 손으로 입을 가린 채.

미형은 할 수 없이 일어섰다. 꺼지라면 꺼져야지 별수 있나? 하지만 곱게 꺼지자니 입이 심심해 "그래, 나 정체불명의 악독한 바이러스 감염 환자인지도 몰라."라고 운을 뗀 뒤 연주 가까이 다가가 다정한 귓속말로 마음을 전달했다.

"내가 우리 집 세면대 하수구에다 아침마다 침 뱉는 거 너 모르지? 캬오 캭! 가래침 말이야. 우리 할머니는 어떻고. 냄새 나는 틀니를 꼭 거기서 헹군단 말이지. 어떡하니? 지난번에 보니까 우리 집에서 흘러간 더러운 물이 설거지해 놓은 너희 집 밥그릇과 국그릇, 심지어는 숟가락에까지 튀었던데."

그건 여태 미형의 소심한 가슴속에서 어둡게만 맴돌다가 마침내 빛을 보게 된 통렬한 한 방이었다. 거기서 그치지 않았다. 이번에는 귓속말이 아니라 큰 소리로 외쳤다.

"그래, 오늘 아침밥은 맛있게 먹고 왔니?"

그런 다음 미형은 잽싸게 자기 자리로 날랐다. 연주가 따라와 머리끄덩이라도 잡는 거 아닌지 우려하는 바가 없지는 않았지만 다행히 그런 일은 일어나지 않았다.

잠시 뒤 반 친구들의 시끌시끌한 수다가 미형의 마음을 기분좋게 가라앉혔다. 그러자 다시 외할아버지가 남긴 문구가 떠올랐고 머리를 감싸 쥐었다.

제주공항에 도착해 휴대 전화가 연결되자마자 카페로 들어가 댓글을 확인했다. 비행기를 타기 전과 달라진 것이 없었다. 북자 이모에게 전화를 걸었다.

"댓글 봤어?"

"응."

"어떻게 된 거야? 외할아버지 SNS에 글자 남기는 거 안 해 보셨지? 그래서 글자가 그 모양으로 찔룩거리는 거지?"

"아마도."

"말투가 왜 그래?"

미형은 버럭 화를 냈다. 이모의 소극적인 태도가 너무 갑갑했다. 한참을 실랑이한 끝에 북자 이모가 놀라운 사실을 고백했다.

"외할아버지 원래 한글 서투르셔."

"엉?"

"휴대 전화로 글자 치는 건 더 서툴고."

"왜?"

"왜라니, 옛날 어르신 중에서는 많이 그래. 학교를 제대로 다니지 않았거든."

"외할머니는 대구에서 여고까지 나오신 분이라며? 한자도 많이 아시고."

"맞아, 하지만 외할아버지는 아니야."

"할머니 가방끈이 더 길구나."

"불행히도."

"그게 불행한 거야?"

"최소한 두 분 사이에서는 그런 것 같아."

한 시간 정도 지나자 외할아버지가 한글 쓰기에 서툴다는 것이 어느 정도 이해되었다. 미형이 볼 때 가방끈이 누가 더 긴지는 큰 문제가 아니었다. 중요한 건 두 사람의 관계였다. 글을 잘 아는 배우자와 살면서도 글을 익히지 못했다는 것을 어떻게 받아들여야 할지 갈피를 잡기 힘들었다. 외할아버지가 글을 남길 때까지 조금 더 기다려보자는 이야기를 나누고 전화를 끊었는데, 끊고 나서 생각해 보니 손녀 이름도 정확히 못 쓰는데 무슨 글을 남기랴 싶었다. 그것도 모르고 외할아버지가 카페를 엿보기만 하고 의도적으로 들어오지 않을지도 모른다는 상상까지 하고. 뭔가 꼬인 것 같았다. 아니면 자신도 모르게 샛길로 빠져 길을 잃은 건지도.

그날 저녁 연주가 엄청나게 토했다는 소문이 돌았다. 횟수로만 일곱 번을 토했다고 민정이가 전했다. 속으로 뜨끔했으나 모른 척했다.

걷는 집

다음 날 아침 밥상머리는 시끌시끌했다. 간밤에 누가 소주 팩을 가져와 나눠 마시다가 걸렸다는 것에서 신발이 없어졌다는 이야기, 16만 원짜리 무선 이어폰을 도둑맞은 아이가 특정한 아이를 지목하며 문제 삼는 바람에 큰 싸움이 일어났다는 것 등이 화제의 주요 주제였다. 그런가 하면 누구는 선생님들이 치는 고스톱판에 끼어들어 돈을 땄다는 황당무계한 내용도 있었다. 소문에 평가까지 곁들여 한 바퀴 돌리고 난 민정이가 미형을 향해 말했다.

"연주가 오늘 오전 일정을 거부했다. 방에 혼자 남겠대."

미형은 못 들은 척했다. 빨리 밥 먹고 양치질하고 버스에 오르리라 다짐했다. 그런데 그때 연주네 담임이 저만치서 다가오더니 미형을 찾았다.

"연주가 네 보살핌을 받겠다고 하는데 괜찮니?"

"보살핌이라뇨?"

민정이가 옆에서 옆구리를 찔렀다.

"너도 오전 일정 포기하고 숙소에 남으라는 말이지."

"뭐라고요?"

미형의 목소리가 저절로 높아졌다.

"싫은데요. 저 산굼부리 한 번도 안 가 봤어요. 꼭 가야 해요."

그러고는 높은 호흡으로 쉭쉭거렸다. 연주 담임은 알았다고 했다. 둘이 친한 사이라고 해서, 하더니 그냥 한번 해 본 말이라며 어색한 변명만 남기고 돌아갔다. 도대체 담임씩이나 되어 그냥 해 보는 말을 왜 하나. 걸려드나 안 걸려드나 보겠다는 거야? 자기 책임을 왜 나한테 미루냐고.

"아이 밥맛 떨어져."

연주 담임이 시야에서 완전히 사라진 뒤 숟가락을 탁 놓았더니 민정이가 말했다.

"밥맛은 무슨. 다 먹었구먼."

놀라서 식판을 내려다봤더니 싹 비워진 상태였다. 나도 모르게 분노의 숟가락질을 했던 모양이다. 어려운 가정 환경에서 비싼 돈 들여 수학여행 왔는데 이게 뭐란 말인가. 심란한 아침이 아닐 수 없었다.

결론적으로 말해 미형은 숙소에 남았다. 아무래도 연주의 술수에 넘어간 것 같았으나 어쩔 수가 없었다.

나 혼자 있다가 의식이 몽롱해지거나 죽을 것 같으면 유언장을 쓸 거야. 거기에다 내 죽음이 다 네 탓이라고 적을 테야.

연주가 보낸 문자 메시지 내용이다. 미형은 포기할 수 없었다.

그러시든가.

그런데 10여 분쯤 지나 아파 죽을 것 같다는 애가 성큼성큼 미형에게 걸어와 머리카락을 잡아당겼다. 뒤에서 가볍게 잡아당겼지만 거기가 어디인가. 이판사판 너 죽고 나 죽자고 할 때 달려드는 머리끄덩이가 아닌가.

"이게 정말."

악을 쓰다가 미형과 연주의 눈이 마주쳤다. 그때 알았다. 억울하지만 남지 않으면 안 될 운명이라는 것을. 연주 눈빛은 초등학교 때 미형이 빠져들었던 그 눈빛에서 변한 게 없었다. 영화 〈슈렉〉에 나온 고양이가 내숭 떨 때의 그 표정이었다. 매달리고 호소하는 것 같았다. 그 순간의 하녀는 미형이 아니라 연주였던 것이다.

“아, 정말 빡치네.”

허릿심을 발휘해 연주의 옆구리를 오지게 떠밀고 났더니 투어를 포기하는 게 받아들여졌다. 애들이 우르르 관광버스에 올라 자리를 잡는 사이 미형은 연주와 함께 숙소로 돌아왔다.

“나 좀 잘게.”

연주는 돌아누워 잠에 빠져들었다. 처음에는 어이가 없었지만 잘됐다고 생각했다. 열 번 가까이 토하고 남의 머리끄덩이까지 잡았으니 피곤하기도 했을 것이다. 연주가 잠이 들었는지 말았는지 모호할 즈음 민정이가 “파이팅” 하고 문자 메시지를 보내왔다. 얼른 답을 쳤다.

꺼져.

연주 옆 침대에 누워 〈아궁이가 있는 집〉에 들어가 마음껏 이전 글을 살펴보았으나 정작 회원이 되고 나니 게시된 글이 하나 같이 시시하고 하찮은 내용으로 읽혔다. 외할아버지의 글은 없었고 댓글은 눈에 띄었다. 좋다. 멋있네. 훌륭하네. 뭐 그런 식의 단순한 반응들 말이다. 지루하고 또 지루해서 어느새 잠이 들었나 보다.

“이게 뭐야.” 그런 소리가 들렸다. 미형의 지금 마음과 너무 흡사해 자신의 목소리인 줄 알았다. 아니면 그냥 꿈에서 미형이

스스로 그렇게 생각했거나. 수학여행을 와서 일정을 포기하고 숙소에 누워 있으니 그런 투덜거림은 나오고도 남을 일이다.

"얘, 얘, 일어나. 너무 더럽단 말이야."

누군가 자신의 소중한 배를 함부로 눌러서 얼른 눈을 뜨고 몸을 일으켰다. 연주가 일어선 상태로 미형을 내려다보고 있었는데 몹쓸 물건이라도 본 것처럼 얼굴이 찡그려져 있었다. "뭐?"라며 눈을 부라렸더니 가서 거울 좀 보라는 게 아닌가. 화장실로 가면서 손으로 얼굴을 만졌더니 물기가 있었다.

'울었나?'

거울 속으로 드러난 미형의 얼굴은 얼룩덜룩 가관이었다.

"잠꼬대가 어쩜 그렇게 심하니? 울기는 왜 그렇게 울고."

"울기는 누가 울었다고 그래. 그런데 너 아까 발로 내 배 눌렀던 거지?"

"아니."

딱 잡아뗐다. 분명 느낌이 그랬는데. 증거가 없으니 이를 갈면서도 참는 수밖에 없었다. 마땅히 할 일도 없던 참이라 샤워를 하고 머리를 감았다.

"이젠 괜찮니?"

택시라도 타고 학교 수학여행 팀을 따라갔으면 좋겠다고 생각하면서 시간을 확인했더니 한 시가 넘었다. 다들 점심밥 먹고 오후 일정을 시작했을 시간이었다. 연주에게 배고프냐고 물었더니 고개를 가로저었다. 대신 이런 제안을 했다.

"요 앞으로 산책하러 나갈래?"

알았다고 하면서 운동화를 신으려고 했더니 머리도 안 말리고 밖에 나가는 거냐며 잔소리가 터졌다.

"드라이기 여기 있어. 말려."

수건으로 털어서 다 말렸다고 하면서 현관으로 나섰지만 연주는 나오지 않고 드라이기를 고집스럽게 들고 흔들었다. 빨리 말리라고 했다. 미형은 내 머리카락인데 어떻게 하든 무슨 상관이냐고 버티었으나 고집쟁이 연주를 당해내기에는 역부족이었다.

"머리카락도 안 말리고 거리를 돌아다니는 여자애들, 정말 이해가 안 가."

"난 남의 머리카락 속 습기까지 간섭하는 네가 더 이해가 안 가."

할 수 없이 드라이기를 머리카락에 갖다 댔지만 이번에는 거기가 아니라며 타박이었다.

"머리카락이 아니라 뿌리를 말려야지. 그래야 비듬이 안 생기는 것도 모르니? 아유 답답해. 이리 줘 봐."

그러고는 미형을 의자에 주저앉혔다.

"드라이기를 너무 가까이 대면 안 돼. 이만큼 거리를 두는 게 좋아. 그리고 손가락으로 옆머리를 이렇게 만져가며 말리란 말이야. 이런 식으로 열기를 가하니까 머리카락이 차분해졌잖아. 좀 날린다 싶을 때는 에센스 발라 주면 되고."

"에센스? 그 비싼 걸 머리카락에도 바르니?"

"피부에 바르는 거 말고 헤어 에센스 있잖아."

"그럼 헤어 에센스라고 말했어야지."

"뭐래!"

연주는 남의 머리에 실컷 불을 때고 나더니 이젠 됐다며 산책하러 나가자고 했다.

미형은 현관에서 운동화를 꿰신으면서 "산책이라니 세상에!" 하고 부르짖었다. 지금 저랑 나랑 나란히 산책하러 나갈 관계인가 말이다. 한편으로는 산책하러 나갈 관계가 된 것 같기도 하다. 머리를 말려 주면서 철없이 어울려 다닐 때의 뜨거움을 되찾은 것 같았으니 말이다. 건물을 빠져나온 뒤에도 미형의 머리카락을 매만지던 연주의 손길은 사라지지 않고 남아 있었다.

10여 분간 서로 다른 곳을 쳐다보면서 말없이 걷고 났을 때였다.

연주가 말했다.

"《워킹 하우스》라는 책 읽어 봤니?"

미형은 고개를 가로저었다. 제목도 못 들어본 책이다. 슬그머니 재수 없다는 느낌이 밀려와 말이 곱게 나가지 않았다.

"걷는 집? 집에 바퀴 달렸냐? 아님 인공관절이라도 심은 거야?"

어휴, 하면서 연주가 얼굴을 찡그렸다. 기운이 달려서 그런지 빡친 표정은 아니었다. 평소에도 유머 코드를 유달리 싫어해 웃기려고만 하면 눈에 쌍심지부터 켰다. 오늘은 평소보다 더 진지하게 목소리를 깔았다.

"집이 한곳에 가만히 붙박이로 있는 것 같지만 태어나서 날마다 조금씩, 가만가만 이동한다는 내용이야."

"어제는 구의동이었다가 오늘은 중곡동이고 뭐 그런 거라고 뻥치면 너 나한테 죽는다."

"어휴, 이동한다는 걸 그렇게밖에 이해 못하니?"

"그럼 뭐, 뭐?"

"정확하다고 말할 수는 없지만 집도 성장한다는 이야기하고 비슷해."

"집이 걸어가고 집이 성장한다는 거야?"

"응."

"좀 알아듣기 쉽게 말해 봐."

"집은 자기가 되고 싶은 집을 향해 매일 걸어간대."

"사람이 아니라 집이?"

"응."

"와우!" 미형은 휘파람을 불었다. 연주가 아랑곳하지 않고 진지한 표정으로만 일관해서 반대로 나가기로 했다. 청개구리가 되고 싶었다.

"그러다 병들거나 어디 다치기라도 하면?"

"열이 나서 몸이 뜨거워지지 않을까?"

그걸 또 받네.

"몸이 뜨거워지면 해열제라도 드시나?"

그러자 집 안 싱크대 아래 보일러 배관에서 배어나던 누수가 떠올랐다. 그건 집이 흘리는 식은땀이었나. 화장실 누수는 뭐라고 정의해야 하나. 그건 집의 배설물인가.

"그렇게 병을 앓다가 끝내는 자기가 원하는 집에 도착하거나 그도 아니면…."

"아니면?"

"빈집이 된다는 거야."

"빈집?"

"응. 그걸 이 책에서는 집의 죽음이라고 하더라. 그러니 빈집에 사는 게 귀신인 것은 당연한 이야기가 되는 거지. 솔직히 책 내용이 뭔지 정확히 파악은 안 되는데 집의 죽음이라는 말이

와닿았어. 걷기를 멈추면 집이 죽는다는 구절에는 눈물이 확 쏟아지더라. 우리 외가가 그렇게 되었거든. 같은 서울인데… 저기 남가좌동이라고. 엄마는 일주일에 한 번 그 집에 가서 한두 시간 있다가 와. 물걸레로 청소도 하고 환기도 시키고 그러는 것 같아. 불도 바꿔서 켜놓고."

거기까지 말하고 나서 연주는 학학대다가 길옆에 놓인 의자를 끌어당겨 앉았다. 앉고 보니 편의점 의자였다. 미형은 따뜻한 콩우유 두 개를 사 와 마주 앉으면서 불을 바꾼다는 게 무슨 뜻이냐고 물어 주었다.

"밤에 불이 없으면 빈집인 줄 알고 도둑이 노리잖아. 사실 훔쳐 갈 거라고는 아무것도 없는데 도둑이 그걸 알 리는 없으니까. 실제로 그런 일이 있었어. 엄마가 우연히 들렀더니 현관문 손잡이가 너덜거리면서 속이 내장처럼 그 아래로 흘러나와 있더래. 아마추어 도둑이 따고 안으로 들어가려다 실패한 거지. 그 뒤 엄마는 일주일에 한 번씩 들러 불을 바꿔서 켜놓고 오는 거야. 이번 주에 안방 전등을 켜놓고 왔다면 그다음 주에는 작은방 전등을 켜놓고 또 다음에는 거실 불을 켜놓고 오는 식으로. 빈집은 집의 죽음이라는 말 끔찍하지 않니?"

공연히 내 마음도 격해졌다. 듣고 보니 남의 이야기가 아니었다.

"좀 그러네. 내가 집이라면 죽고 싶지 않을 거야. 언제까지나

원하는 집에 도달하기 위해 걸어갈 거야. 트래킹하듯이."

"여기서 트래킹이 왜 나오니?"

연주가 난데없는 타이밍에서 가탈을 부렸다. 자기 말을 진지하게 들었다면 그따위 아무 말이나 할 수 없을 거라는 소리도 덧붙였다. 아무 말이라니. 집이 걸을 수만 있다면 알프스에 가고 히말라야 가는 걸 꿈꾸지 말란 법이 있나. 하지만 참았다. 뭔가 거부할 수 없는 분위기가 우산처럼, 혹은 햇살처럼 드리우면서 연주와 미형 사이에 보호막을 씌우고 있는 것 같았다. 도대체 무엇을 보호하기 위한 막이었는지는 모르겠지만 말이다.

미형은 음료수를 마시면서 "어쨌거나 집은 살아 있다는 거구나. 그래야 걸을 수 있을 테니까." 얼버무리면서 눈치를 살폈고 뭔가 날 서 있는 분위기를 가라앉히려고 애썼다.

연주가 물었다.

"너희 집은 무사하니? 오늘도 잘 걸어가고 있는 거야?"

"어 그렇지 뭐. 너도 알다시피 내가 열심히 걷고 있잖아. 큭큭. 그 집에 사는 한 사람이라도 걷는 걸 멈추지 않는다면 집은 죽지 않을 것 같아."

생각지도 못한 말이 미형의 입에서 나왔다. 스스로 생각해도 멋있어서 히죽, 웃고 말았다. 집이 걷는다느니 마느니 하는 이야기 은근 재미있네.

"맞는 말이야."

웬일로 맞장구까지 쳐주었다. 미형을 아랫사람처럼 내려다보고 하는 말투였지만 어느새 빠져들어서 그런지 의식하지도 못했다.

"좀 비슷한 이야기 같은데 우리 할머니는 내가 집이 후져서 이사하고 싶다고 욕할 때마다 집이 듣는다고 난리를 피워. 잘못했다고 사과하라는 거야."

"재미있네."

"솔직히 재미있는 건 아니야. 등짝을 후려 패면서 빨리 사과하라고 하는 거 직접 당하면 심란해지거든."

"그 집 안에는 엄마와 아빠, 그리고 형 동생 누나가 있을 거잖아. 도대체 누가 뭘 어떻게 하기에 집이 걷는다는 걸까. 넌 이해가 가니?"

"연주야."

"응."

미형은 침을 꼴깍 삼켰다.

"말하고 싶은 것 있으면 그냥 해. 빙빙 돌리지 말고. 솔직히 네가 사색하는 캐릭터는 아니잖아. 집이 걷는다는 둥 화낸다는 둥 하는 이야기 더 계속하면 나 좀 짜증 날 것 같아. 우리 할머니가 말도 안 되는 이야기할 때마다 진짜 뚜껑 열릴 것 같았거든."

미형이 그렇게 쏘아붙였을 때였다. 연주가 갑자기 "읍!" 하더니 두 손으로 입을 틀어막고 구역질을 시작했다. 미형은 당황스럽게 두리번거리다가 급한 김에 수챗구멍 가까이 연주를 이끌었는데 그게 또 화를 불러일으킨 것 같았다.

"야, 나, 아무 데나 토하는 거 싫단 말이야. 화장실! 화장실!"

화장실이나 수챗구멍이나. 화장실이 어디 있는지 내가 어떻게 안다고. 둘러보는 사이 연주가 참지 못하고 뿜어 버렸다. 정말 만화에 나오는 뿜는 그림 그 자체가 눈앞에서 현실로 실현되어 버렸다.

'콩우유를 괜히 먹였나? 어떡하지?'

내가 보낸 스파이?

연주는 30분쯤 지나자 안정을 찾았다. 숙소로 돌아와 좀 자라고 해도 잠이 안 온다고 했다. 얼굴이 발그레한 게 남들이 이해할 수 없는 열기에 사로잡혀 있는 것 같았고 그것을 해결해야 잠을 잘 것 같은 표정이어서 미형은 가만히 내버려뒀다. 대신 그길로 편의점에 나가 컵라면 하나를 끓여 삼각 김밥과 함께 먹고 왔다. 먹을지 안 먹을지는 모르지만 연주 몫도 사 왔다. 미형이 낸 수학여행비에는 밥값도 포함되어 있을 텐데 이게 뭐란 말인가.

'연주 담임은 밥값 정도는 주고 갔어야 하는 거 아닌가.'

그런 생각을 하고 있는데 연주가 "우리 외가가 빈집이 된 사연 들어볼래?" 하고 입을 열었다. 미형은 궁금하지 않다고 딱 잘랐다. 같이 휩쓸리다 보면 자신의 입에서 2인 카페처럼, 하지 말아야 할 이야기가 튀어나올는지도 모르는 일이다. 그런 일이 생기는 것을 미형은 조금도 바라지 않았다.

"말하고 나면 기분이 좋아질 것 같아서 그래."

"싫어. 네 기분은 네가 알아서 처리해."

"그냥 들어. 듣기만 해. 그것도 못해?"

그러더니 냉수 한 컵을 벌컥벌컥 들이켰다. 누가 보면 소주인 줄 알았을 것이다. 연주는 비장했고 뭔가 있는 것처럼 뽐냈다. 사연은 좀 슬펐다. 연주 외할머니와 외삼촌이 남가좌동 그 집에서 함께 살았으나, 어느 날 외삼촌이 말도 없이 집을 나가 돌아오지 않는다고 한다. 한 달 뒤에는 오겠지, 일 년이 지났으니 돌아오겠지 기다렸는데 삼 년이 흘러도 돌아오지 않았고 외할머니는 시름시름 앓다가 돌아가셨다.

"무슨 사고가 난 건 아니고?"

연주는 딱 부러진 대답은 하지 않았다. 뭔가 말 못 할 사연이 있을지도 모르겠다는 생각이 들었다. 어쨌거나 연주 엄마는 남동생이 돌아올 경우를 대비해 그 집을 팔지도 못한 채 관리하면서 속을 끓이고 있었다.

"너희 외삼촌, 빨리 돌아오셨으면 좋겠다."

미형은 진심으로 그렇게 말했다. 그 이야기가 본론 같지는 않았다. 한참 기다렸더니 마침내 연주 입에서 본론이 터져 나왔다.

"지금 우리 엄마가 건물 반장인 건 알지?"

"그러니?"

솔직히 몰랐다.

"3년씩 돌아가면서 관리비를 거두어 관리하고 공사할 게 생기면 추진하는 게 반장이 해야 할 일이야. 우리 엄마 이전에는 302호가 반장이었어. 우리 엄마한테 반장을 넘겨준 게 302호인 셈이지. 그런데 반장만 넘겨준 게 아니야."

"그럼?"

"작년에 건물 방수했잖아. 그게 왜 하자 났는지 알아?"

"글쎄."

"302호는 무허가에게 공사를 맡기고 거기서 생긴 이익의 얼마를 우리 엄마랑 나눈 것 같아. 공범이 되고 만 거지."

"어머, 어머, 어머머."

"그뿐이 아니야. 누구네 집에 누수가 발생하거나 하면 무허가를 소개해 약간의 이익을 챙겨. 302호는 이 동네에서 부동산을 소개하는 게 아니라 그딴 식으로 사기를 치면서 벌어 먹고사는 썩은 년이야."

파르르 떨면서 말을 잇던 연주가 "썩은 년이야."라고 할 때 뭔가 푹 터지는 것 같았다. 좀 과장을 하면 연주의 입과 콧구멍과 눈, 귀 이런 곳에서 연기 같기도 하고 안개 같기도 한 것이 푹, 하는 순간 밀려 나온 것 같았다. 신기한 것은 그 이후였다. 놀랍게도 연주 얼굴이 세수라도 한 것처럼 맑아졌다. 저녁에 로드숍에서 산 싸고 질 좋은 시트 마스크를 40분만 붙이고 있으면 얼굴이 딱 그렇게 변한다.

"야, 저거!"

갑자기 얼굴을 쳐든 연주가 미형에게 삼각 김밥을 가리켰다. 처음에는 얼떨떨해서 "뭐?" 하고 물었으나 곧 달라고 하는 것임을 알았다.

"뭐 하려고?"

물까지 요구하더니 순식간에 먹어 치웠다. 또 뿜는 거 아닌가 싶어 저절로 인상이 찌푸려졌다. 무슨 작정으로 저러지?

"편의점 가서 하나만 더 사 와. 자몽주스도 마시고 싶어. 빨리 뛰어갔다 와."

반발하고 말고 할 틈도 없었다. 미형은 어느새 연주 지갑이 아니라 자신의 지갑을 챙겨 들고 문을 열고 나와 편의점을 향해 뛰어가고 있었다. 정신이 든 것은 자신이 사 온 것을 연주가 다 먹고 나서 트림하듯이 "됐어."라고 한 뒤였다. 몸에 열이 도는지 겉옷을 벗었고 목에 둘렀던 것도 끌렀다.

연주가 말했다.

"너 아직도 무 발목이구나."

"웃기고 계시네. 내가 무 발목이면 넌 미사일 발목이지."

"미사일? 맘에 드는데?"

"뭐?"

"너 무 발목으로 힘들게 걸을 때 난 미사일처럼 멀리멀리 날아갈 거다."

"미사일의 최종 운명은 폭발인데?"

"엥?"

"파괴이고."

"취소."

"멸망이야."

"미사일 취소."

"흥."

"걷는 것으로 충분해."

"그래."

두 쌍의 발목이 나란히 마주 보며 까딱거렸다.

"302호는 그 무허가 업자를 너희 집에서 쓰겠다고 할 때까지 협조하지 말라고 강요했어. 우리 엄마 스트레스받아 죽으려고 해. 그 무허가 업자 누수에 관해 아무것도 몰라. 지난번에 땡땡 마트에서 에어컨 기사로 일하다가 무슨 이유에선가 잘리고 이제 막 무허가 누수 해결사로 뛰어든 사람이야."

"세상에! 그러면서 어떻게 공사를 하겠다는 거야?"

"302호가 우리 집에 와서 엄마한테 말하는 걸 들었는데 뭐라는 줄 아니? 아유 화장실 누수, 그거 별거 아니에요. 그냥 바닥 싹싹 긁어내고 새로 깔면 돼. 그러면 다 해결되거든. 솔직히 그걸 누가 못해요."

연주는 온몸에 힘을 넣고 302호를 성대 모사했다. 믿어지지 않았다. 연주 엄마는 분명히 우리 식구 앞에서 진심으로 화를 내지 않았나. "여기 그릇이며 개수대에 튄 더러운 오수 좀 보세요." 하면서. 연주만 해도 그렇다. 엄마한테 연락했느냐고 물으면서 얼마나 미형을 괴롭혔던가. 그것이 모두 302호 때문이라고? 302호가 시켜서 그랬다고?

"그럼, 너희 집 싱크대에 떨어진 더러운 오수 타령, 그건 뭐니?"

"그건 나와 우리 엄마의 진짜 기분이야. 난 남의 집 화장실 물이 우리 집 개수대로 떨어졌다고 생각하면 지금도 미쳐버릴 것 같아."

그러니 공사를 빨리해서 문제가 해결되었으면 한다는 게 연주의 바람이란다. 비로소 미형은 모든 것이 개운하게 이해되는 느낌이었다. 고개가 저절로 끄덕여졌다. 연주는 미형의 얼굴을 찬찬히 살피더니 이렇게 덧붙였다.

"음… 너도 머리가 있긴 있구나."

연주는 미형이 생각보다 똑똑한 질문을 해서 기운이 빠지는지 마시던 자몽주스 캔을 방바닥에 힘없이 내려놓았다. 미형에게는 마지막 질문이 남아 있었다.

"그럼 넌 우리 집에서 어떻게 하기를 바라는데?"

연주는 대답은 하지 않고 갑자기 일어나 방을 치우기 시작했다. 삼각 김밥을 감쌌던 비닐 껍데기와 자몽주스 병을 쓰레기통에 넣고 이불을 툭툭 털었다. 그뿐이 아니었다.

"내가 하고 싶은 말은 다 했으니까 이제 그만 가 봐."

"가다니, 어디로?"

"그건 내 알 바 아니지. 네가 가고 싶은 곳으로 가."

"응? 여긴 제주도인데?"

"그래서, 뭐?"

"다들 투어를 나간 참이잖니."

"그래서?"

"우이씨, 어디로 가라는 거야?" 하면서도 나가라니까 나가려고 하는데 연주가 쐐기를 박았다.

"앞으로 어디서든 나 만나면 아는 척하지 마. 너와 나는 모르는 사이야."

그 대목에서 도저히 가만있기가 힘들었다. 내가 지금 누구 때문에 수학여행 망치고 비참하게 방콕 중인데.

• • •

미형은 서울로 올라와 북자 이모에게 연주의 만행을 털어놓았다. 북자 이모는 의외로 반색했다. 연주가 전한 내용이 힌트가 된 모양이었다.

"스파이 짓이네."

"연주가 스파이? 누가 보낸 스파이라는 거야?"

"너지, 너 아니야?"

"미쳤어? 난 보낸 적 없는데?"

"그래? 그런데 왜 자기 엄마가 302호에게 발목 잡혀 산다는 극비 정보를 너한테 넘겼을까?"

"그러게."

얼결에 맞장구를 쳤지만 그건 어디까지나 말놀이였다. 연주가 그럴 리가 있을까. 시킨 적도 없는데 왜, 무엇 때문에 미형을 편든단 말인가.

북자 이모는 신이 났다.

"연주의 정보 전달은 누수 해결을 위한 것이고 이웃을 위한 것이며 친구를 위한 배려이고 더 나아가 이 세상을 향해 짓는 따스한 미소인 거야. 문제를 건강하게 해결하기 위해 자기 집에 불리한 정보를 이웃에게, 친구에게 넘기는 게 아무나 할 수 있는 일이야? 게다가 아무런 대가도 요구하지 않았잖아."

북자 이모가 입에 거품을 물자 미형의 입에도 거품이 고였다. 미형은 도저히 동의가 안 되어 연주가 앞으로 길에서 만나도 아는 척하지 말라며 싸가지 없이 말하더라고 했더니 북자 이모는 한술 더 떴다.

"스파이한테 아는 척하면 곤란하지."

"왜?"

"스파이 활동이 위축되잖아."

"아오."

"연주는 현명하고 좋은 아이 같아."

"아아오."

"유용한 정보 고맙다고 전해."

그러더니 그 사람들을 진퇴양난에 빠트릴 방법이 생각났다고 했다. "맛 좀 보라고 해."라고 하더니 그길로 연주 엄마에게 전화를 걸어 "저희 공사를 401호가 더 낫다고 한 그 아저씨한테 맡길 수도 있어요."라며 깜짝 제안했다.

'정신 나간 짓 아니야?'

불안한 나머지 북자 이모에게 바싹 붙어 대화를 엿들었다. 다행히 본론에 이르자 북자 이모는 핸들을 90도로 확 꺾었다.

"만약 하자가 발생할 시 401호든 302호든 모든 손해액을 책임지겠다는 서약서를 쓰고 법무사한테 공증을 받아왔으면 해요. 저희도 안전장치가 필요하잖아요. 공사 끝나고 돈을 다 냈는데 화장실에서 물이 또 새면 난감하지 않겠어요?"

북자 이모는 "상의하고 연락해 주세요." 한 뒤 전화를 끊었다. 미형은 화가 났다. 401호에서 정말 공증을 받아오면 큰일 아닌가 말이다. 북자 이모는 자신감이 넘쳤다.

"기다려 보자니까."

이모는 앞이 보인다고 했다. 엄마한테도 모바일 메신저로 전화해 공사 윤곽이 잡혔다면서 이젠 마음 놓으라고 큰소리쳤다.

"그렇구나."

엄마가 시큰둥하게 반응해서 김이 빠졌다. 이유가 뭐냐고 물었더니 노던준주에 다녀온 뒤 몹시 피곤해졌다는 것이다. 파랍이라는 장터에서 푸드트럭을 하는 사람은 외할아버지와 유사하게 생기기는커녕 누가 봐도 서양인이었다. 물어봤더니 뉴질랜드에서 왔다고 하더란다. 집에는 언제 올 거냐고 물었더니 "여기 사정이 말이야…." 하고 얼버무렸다.

"사정은 무슨 사정!"

미형의 입에서 울먹임이 새어 나왔다. 잠시 뒤 아빠 목소리가 들렸다.

"공사 문제가 어떻게 되었다고?"

자초지종을 한 번 더 설명하고 난 뒤였다. "어머!" 안방에서 북자 이모의 낮은 음성이 들렸는데 미형의 귀에는 범상치 않았다. 평소에 듣던 맹한 목소리가 아니어서 전화기를 든 채 북자 이모에게 달려갔다. 아니나 다를까. 이모가 엉거주춤하게 서서 노트북 속 카페를 들여다보고 있었는데, 자세히 보니 양손을 후들후들 떨고 있었다. 왔구나!

워밍업

메시지는 댓글로 왔다.

미형아 사랑한다

눈물이 확 쏟아졌다.

저도 사랑해요.

미형은 얼른 답글을 달았고, 북자 이모는 “아버지”를 연거푸 외치면서 턱을 떨었다. 북자 이모의 외침에는 간절함이 담겨 있었다. 그 순간 지금까지 북자 이모가 가족 모두에 대해 무관심한 척했던 말들이 꾸며낸 것이었음을 알았다. 그만큼 이 목소리와 그 목소리에는 차이가 있었다. 하긴 가족에게 관심이 없었다면 애초에 서울로 올라와 미형의 집안일을 거들지도 않았을 것이다.

북자 이모는 외할아버지가 수놓듯이 한 자 한 자 쓴 것으로 추정되는 글자를 손으로 더듬어 만졌다. 쉼표도 마침표도 없는 단 두 어절의 말이었지만 완전한 모양새를 갖추고 있었다. 미형에 대한 외할아버지의 사랑만은 완벽하다는 것을 표현하고 있는 것 같아 가슴이 뭉클했다. 일곱 개의 글자에는 대가족의 역사와 미래가 담겨 있었고, 추장인 외할아버지의 고뇌가 서려 있었다. 미형으로서는 내막조차 알 수 없는 고뇌였지만 말이다. 1년간 풀리지 않았던 가족 간의 미스터리가 해결되려는 기미이기도 했다. 무엇보다 엄마 아빠가 집으로 돌아올 날이 머지않았음을 의미한다.

두 사람이 감격스러운 표현을 멈추지 않고 환호성을 터트리자 무슨 일인가 궁금해하며 할머니가 안방 문을 열고 들어왔다. 북자 이모가 울먹이면서 노트북을 가리켰다.

"아버지예요, 저희 아버지가 여기에 글을 남겼어요."

그러자 할머니는 북자 이모가 사용하던 간이책상에 손을 짚더니 미끄러지듯 방바닥에 주저앉았고 이내 숨을 헐떡거렸다.

"아이고야, 사돈 양반이 뉴수에 나왔다는 거나? 참말로 무장 갱도질을 했다는 거라? 그래서 잽혔다는 거라 뭐라? 돈이 아숩지도 안 한 양반이 왜 그런 짓을 했대여?"

미형은 시름도 잊은 채 빵 터지고 말았다. 북자 이모도 마찬가지였다.

"저승 갈 때 비행기 타고 갈라 그래여, 왜 그래여?"

이번에는 아랫배를 부여잡았다. 북자 이모에게는 눈물을 닦을 좋은 기회였고 미형에게는 아무리 슬픈 일이어도 생각을 조금만 바꾸면 웃을 수 있음을 체감하게 한 순간이었다.

"사돈어른, 그게 아니고 카페예요, 카페."

오늘따라 할머니 머리가 비상하게 돌아갔다.

"수퍼가 아니라 카피를 털었대여?"

"어머머 그게 아니고요, 호호호호."

"아이고야, 그 점잖기만 하던 양반이 무신 일이라. 난 도무지 알 수가 없고나."

할머니를 거실 소파에 앉게 하고 설명을 통해 이해를 시키면서 북자 이모도 미형도 마음을 가라앉혔다. 물론 인터넷 속 카페는 끝내 이해시킬 수 없었지만 말이다. 그런데 하필이면 그때 입 싼 포항 고모가 집으로 전화를 걸어왔고 할머니가 받았다.

"야야, 사돈어른이 살아기시다. 연락이 왔단다."

뭐라고 말릴 틈도 없이 그렇게 말해 버린 뒤라 돌이킬 수 없었다. 북자 이모의 2인 카페는 비밀 카페였는데 말이다. 포항 고모와 미형의 셋째 외숙모는 초등학교 동창 사이였다. 소식이 번지는 것은 순식간일 터였다. 북자 이모는 뒤늦게 수습을 시도했으나 곧 포기해 버렸다. 할머니는 이미 신이 난 상태였다.

"이젠 됐다. 안심이지 뭐라. 아까는 잽혔다는 줄 알고 가슴이 울매나 벌링거렸는지 아나? 내사 나라를 팔아묵든 남의 수퍼를 팔아묵든 상관없다. 그저 사돈어른이 편안하시만 된다."

"할머니! 그래도 나라를 팔아먹는 건 아니지!"

옆에서 미형이 힘차게 간지를 넣었더니 할머니가 전화기를 든 채 고개를 돌렸다.

"왜 못해여, 사겠다는 사램이 없어서 그렇지, 살라고만 하만 왜 못 팔아여?"

"아이참, 킥킥킥."

그렇게 엎질러진 물이 되었다.

그 뒤로는 상황이 급박하게 전개되었다. 가족끼리 전화 통화가 여러 차례 교환되면서 당장 카페에 가입하겠다는 주문이 쇄도했다.

"그건 안 돼요. 할아버지가 놀라신단 말이에요."

카페 가입을 단호히 막았더니 궁여지책으로 북자 이모의 아이디와 비밀번호가 널리 공개되면서 〈아궁이가 있는 집〉의 담벼락은 속수무책 허물어져 비밀 없는 집처럼 되었다. 방문자 수와 조회 수가 어마어마하게 올라갔다. 그리고 마침내 올 것이 왔다. 북자 이모 휴대폰으로 큰외삼촌이 전화를 걸어온 것이다.

이모는 방에 들어가 문을 닫고 경건하게 전화를 받았다. 문밖에서 할머니와 미형은 자리다툼하면서 엿들었다.

"아얏!"

팔뚝을 꼬집히는 바람에 좋은 자리는 할머니 차지가 되었으나 귀가 밝지 못하니 잘 알아들었을 리 만무하다. 방 안에서 들리는 소리는 "응, 응."이나 "네, 큰오빠."가 전부였지만, 긴박감은 사라지지 않았다.

"이번에는 네가 환영한다고 인사말 남겨."

북자 이모가 미형에게 주문했다. 댓글을 달라는 의미였다. 한 집안의 맏이이고 외할아버지의 장남이며 차세대 추장 후보인 큰외삼촌이 〈아궁이가 있는 집〉에 즉시 가입하겠다고 한 모양이었다. 미형은 원칙적으로는 안 된다는 입장이었으나, 다른 식구들이 요구했을 때와는 경우가 다르다는 것을 알고 있었다.

큰외삼촌에게 감히 된다, 안 된다 토를 달기는 어려웠다. 북자 이모는 댓글을 달 때 새 회원이 큰외삼촌임을 암시하라는 말도 잊지 않았다. 불안했다. 좋은 방법이 아닌 것 같았다.

"외할아버지가 다시는 카페에 안 들어오고 더 멀리 도망가면 어쩌려고 그래?"

큰외삼촌이 수원지법 판사라는 사실도 묘한 뉘앙스를 남겼다. '수사' 혹은 '판결' 같은 무시무시한 단어가 '범죄', '무장 강도'와 자동 연결되면서 미형의 불안감을 증폭시켰다. 자칫 자식이 범죄자 부모를 체포하려고 기를 쓴다며 오해받을 수도 있지 않을까.

"아무래도 안 되겠어."

미형이 간절히 바라는 것은 부모님이 얼른 집으로 돌아오는 것이었기에 더더욱 신중해야 했다.

"그렇지 않아."

미형의 우려와 상관없이 북자 이모는 예의 그 가식적인 어투로 돌아와 말도 안 되는 침착함을 유지하고 있었다. 미형은 좋지 않은 느낌을 계속 어필했다.

"이렇게 카페를 통해 가족과 쉽게 연결될 거면 뭐 하러 집을 나가셨겠어? 그냥 이모가 혼자, 조심스럽게 외할아버지와 이야기를 나눠보는 게 좋을 것 같아."

"아니야."

"뭐가 아닌데?"

"외할아버지는 다시 돌아오기 위해 떠나셨을 거야. 문제를 해결하기 위해 카페에 들어온 것이고. 그동안 1년이라는 시간이 흘렀으니 해결할 때가 됐어. 무엇보다 큰외삼촌이라면 외할아버지가 가장 신뢰하고 사랑하는 자식이란다. 한번 믿어봤으면 해."

외할아버지가 가장 신뢰하는 자식이 큰외삼촌이라는 말이 사라지지 않고 미형의 가슴을 파고들었다. 한 집안의 맏이이고 차세대 추장이니 당연한 소리로 들리겠지만 그렇지는 않다. 큰외삼촌은 외할아버지, 외할머니에게 아픈 손가락일 수도 있었다. 아니면 큰외삼촌에게 외할아버지, 외할머니가 아픈 손가락이라고 해야 하나.

외할아버지가 호주에 이민 가기 한두 해 전쯤에 가족 전체에 흉흉한 소문이 퍼진 적이 있었다. 큰외삼촌이 젊은 시절 홧김에 외할머니를 향해 칼을 들이댄 적이 있었다는 이야기였다. 오래전 있었던 일이 왜 하필 그때 터졌는지는 분명하다. 외할머니가 사건을 마음속에 몰래 담아두고 살다가 나이가 들면서 비로소 꺼내놓게 되었기 때문이다. 가장 중요한 것은 그 소문을 앞장서 퍼트린 사람이 미형의 엄마이고 외할머니로부터 그 공로를 인정받아 경제적인 도움을 받고 있다는 사실이다. 어쨌거나 큰외삼촌 직업이 판사라는 사실 때문에 사건의 후폭풍은 컸다. 무엇보다 큰외삼촌 자신이 매우 실망스러워했다. 가뜩이나 데면데면하던 모자 관계가 그 일 이후 급속도로 무미건조해졌다.

소문을 전해 들은 가족들의 반응은 두 가닥으로 나뉘었다. 외할머니가 그 사실을 감추고 사느라 얼마나 속이 썩었을까, 눈물을 흘리면서 큰외삼촌을 비난한 사람도 있었지만 차세대 추장인 큰외삼촌은 결코 그럴 사람이 아니라는 평판이 대세를 이루었다. 큰외삼촌이 차세대 추장인 이유는 맏이여서가 아니라 사람됨 때문이라는 이야기인 셈이다. 갑론을박이 이어지면서 어쩔 수 없이 말도 부풀려지고 인심이 흉흉해지자 해명이 필요하다고 생각했는지 큰외삼촌이 부모를 찾아갔고 외할머니와 마주 앉았다. 외할아버지가 함께 있는 자리에서 큰외삼촌은 담담한 어조로 외할머니를 향해 물었다고 한다.

"제가 어머니에게 칼을 들이댔었다고요?"

"그랬지. 그랬잖아."

"제가요?"

"그래!"

"저요?"

"그래, 너 아님 누구겠어?"

"제가 말입니까?"

"그래! 너! 너!"

외할머니 목소리는 처음에는 아주 높았지만 큰외삼촌이 같은 질문을 스무 번쯤 반복하고 난 이후로는 점점 자신감을 잃고 쪼그라들었다.

"네가 나를 얼마나 속상하게 했는지 생각해 봐. 자식한테 칼을 맞은들 그보다 더 아팠겠니?"

그 이후 소문은 수정되었다. 외할머니가 큰외삼촌 때문에 속상했다는 하소연이 구전되는 과정에서 왜곡되었다는 것이었다. 외할머니는 그것을 '와전'이라고 표현했다.

누가 외할머니의 하소연을 와전시켰는지는 분명했다. 미형은 엄마가 큰외삼촌을 비난하면서 남긴 한 마디를 지금껏 기억하고 있다.

"늙은 부모의 기분 하나 못 맞춰 주는 게 자식이냐?"

큰외삼촌에게 하는 말이었다. 이해가 갔지만 모두 다 이해되지는 않았다. 부모님 기분은 부모님의 것인데 그걸 왜 자식이 풀어 줘야 하나. 기분이 산 너머에서 온 것인지 바다에서 온 것인지 자기 안에 원래부터 있었던 것인지 또렷이 설명할 수 있는 것도 아닌데.

게다가 큰외삼촌은 원래부터 딱딱하기 이를 데 없어 다른 누군가의 기분을 맞춰 주는 것은 절대 하지 않을 사람이다.

"그이의 마음에는 온통 규칙뿐이어서 인정머리라고는 없는 사람이라더라.”

할머니까지 미형에게 그렇게 말할 정도였으니 짐작이 가고도 남을 일이다. 그런 성향의 사람하고 맞서려면 내공이 얼마나 높아야 할까.

큰외삼촌의 성격이 화를 부른 것일까? 큰외삼촌이 원인 제공자라고 하더라도 자식이 부모에게 칼을 들이댔다는 독한 MSG를 아무나 칠 수 있는 것은 아니다. 평범하지 않은 일이고 기분으로 무마될 사안도 아니다.

언젠가 북자 이모가 외할머니의 그런 화법을 은유라고 했는데 알 듯 모를 듯한 소리로 들렸다. 진짜로 칼을 들이댄 것과 비유적으로 칼을 들이댄 것은 엄청난 차이가 있을 테지만 사실을 모르고서는 사건의 윤곽을 가늠하기 어려웠다. 외할머니가 정말 비유법을 사용했는지는 지금껏 베일에 가려져 있다. 그 사실이 더 파헤쳐지는 것을 아무도 원치 않았기 때문이다.

이후 안 되겠다고 판단한 미형의 외할아버지는 호주로 이민을 강행했다. 와전이 또 다른 와전을 낳았기에 맥락을 끊으려면 그 수밖에 없었다.

나중에 들은 이야기지만 영어를 잘 모르던 외할아버지는 이민 절차를 밟기 위해 유명 대학 교문 앞에 피켓을 들고 서서 아르바이트생을 구했다고 한다. 하필 호주였던 이유는 거리는 멀되 시차가 없었기 때문이다. 아침에 일어나 노동으로 하루를 보내다가 비슷한 시간대에 잠든다는 것은 외할아버지가 이민국을 선택하는 데 있어 매우 중요한 조건이었다.

평생 외할아버지의 제안을 흔쾌히 받아들여 본 적이 없었음에도 외할머니는 어쩐 일인지 이번에는 그럭저럭 호주로 따라가 브리즈번에 자리를 잡았다. 인생을 다시 시작하는 사람들처럼 외할아버지는 젊은 시절 생계 수단이었던 타일공으로 돌아갔고 외할머니는 작은 정육 식당을 열어 장사를 시작했다. 하지만 채 3년을 채우지 못한 상황에서 외할아버지 행방불명이라는 크나큰 사고가 터진 것이다.

'어쨌거나 이제는 대단원이야, 드라마는 끝나가고 있어. 조금만 참자.'

미형이 그런 생각을 하면서 조용히 마음을 다잡는 사이 큰외삼촌이 카페에 다녀갔다. 인사말이 남아 있었다.

사랑하고 존경하는 아버지,
잘 지내셨어요? 저 현범입니다. 많이 보고 싶습니다.

큰외삼촌이 집안사람에게 자기소개할 때는 "준석이 아빕니다."라고 했는데 이번에는 자기 이름을 밝혔다. 미형은 처음 접

하는 이름이었다. 무조건 불길했다. 큰외삼촌 이름조차 불길했다. 이럴 줄 알았으면 카페지기를 직접 해서 큰외삼촌이 못 들어오도록 차단할 걸 그랬다고 생각했다. 엄마 아빠가 집으로 돌아오는 다리가 끊어져 버린 것 같았다.

하지만 예상은 빗나갔다.

큰외삼촌의 자기소개 글이 게시되고 환영한다는 댓글이 달린 지 30분도 되지 않아 외할아버지의 반응이 나타났다. 처음에는 나쁜 소식인 줄 알고 경악을 금치 못했으나 곧 아니라는 것을 알았다. 외할아버지는 큰외삼촌 글 아래에다 이렇게 댓글을 달았다.

▤ 내 아들 아비는 잘 있다

그게 다였지만 결코 무의미하다고는 볼 수 없는 내용이었다. 대한민국 축구가 세계 1등을 한들 식구들에게 이보다 더한 반향을 불러일으킬까. 학교 친구 민정이가 미국 아이비리그에 합격한 느낌과도 비슷하다. 재미있는 것은 카페 안이 갑자기 왁자지껄해졌다는 것이다. 비슷한 유형의 댓글이 반복해 달렸다.

▤ 아버지, 어디 계셔요? 건강하시죠?

장인어른! 사랑합니다.

아버지, 흐흐흑(감격의 눈물^^)

그런가 하면 이게 뭐야 싶은 댓글도 눈에 띄었다.

오래전 아버지가 제 라이터 가져가셨잖아요. 그거 저한테 중요한 물건인 거 아시죠? 꼭 돌려주세요~

누가 봐도 광명시에 사는 셋째 외삼촌이었다. 셋째 외삼촌은 늘 재미있고 유쾌한 농담으로 사람들을 현혹시키는 재주가 있었는데 담배를 피우지 않는 북자 이모 아이디로 이런 댓글을 남길 줄은 몰랐다. 그게 시작이 되었다. 그 댓글이 달린 이후 북자 이모의 아이디와 비밀번호로 카페에 들어와 내부를 훔쳐보고 있던 가족들이 외할아버지를 향해 인사말을 건네기 시작한 것이다. 지켜보기만 하고 절대 흔적을 남겨서는 안 된다고 신신당부했던 규칙은 온데간데없었다. 북자 이모인 척하면서 쓴 댓글도 있었지만 남의 아이디를 도용했다는 처지도 잊은 채 신명이 나서 글을 남긴 가족이 대부분이었다. 그 신명의 정체가 무엇인지는 분명했다. 보고 싶고 기억되고 싶은 마음이었다.

▤ 와우, 북자가 도대체 몇 명이야?

그렇게 댓글을 남긴 사람은 북자 이모 자신이었다. 자포자기로 비칠 뻔했으나 그 댓글에 답글이 달리면서 상황은 반전되었다.

▤ 북자가 바글바글하네.
▤ 정신 분열이야, 세포 분열이야?

거기까지는 봐줄 만했으나 북자가 수없이 복제되었으니 자식 없는 북자에게는 복이라고 했다가 난장판이 되었고 싸움으로 번질 뻔했다.

▤ 날 모욕하지 말아 줬으면 좋겠어.

북자 이모가 상황을 일갈했다.

▤ 기분 나빴다면 미안해

그것으로 흥분은 좀 가라앉았다.

마침 삼환 아저씨가 공사를 시작하기 위해 이런저런 장비를 집 안으로 들여놓은 참이라 미형은 북자 이모와 함께 현관으로 나가 아저씨를 맞이했다. 토요일은 식구들한테는 휴일이지만 어떤 사람에게는 여전히 일하는 날이다.

"공사를 하루만 미루는 건 어려울까요?"

북자 이모가 양손을 모으고 조심스럽게 제안했더니 삼환 아저씨 입이 댓 발 나왔다.

"이미 일꾼을 불러서 밑에 와 있는데 이제 와서 그러면 어쩝니까?"

안 그래도 못하겠다는 사람에게 공사를 억지로 떠안긴 참이라 찍 소리도 내기 힘들었다. "일단 하도 사정을 하시니까 바닥을 열어 보기는 하겠지만, 당황스러운 일이 생길 수도 있다는 점 미리 말씀드립니다." 그것이 삼환 아저씨가 마지못해 공사를 수락하면서 했던 말이었다.

결국 공사는 공사대로 진행하기로 했다.

"저희는 밖에 나가 있어도 될까요?"

북자 이모가 소음을 피해 같이 밖으로 나가자고 했지만 할머니는 같이 가기는커녕 도리어 미형에게 집에 남으라고 했다. 이유가 괴상했다. 심부름하라는 것이었다.

"나가서 장 좀 봐 와야겠다."

일꾼들 점심은 자장면으로 정했으니 음료수며 과일만 사 오면 된다고 했다. 그런 건 냉장고에 많지 않으냐고 했더니 더 좋은 것으로 사 와야 한단다. 어쩐지 억지 같았다.

"할머니가 다녀오면 안 돼? 나도 우리 집 대표로 온라인 가족회의에 참여하고 싶단 말이야." 그러자 "이 배라먹을 년!"이 바로 날아왔다.

"같이 시장 가자."

할머니가 미형의 팔뚝을 현관으로 잡아끌었다. 신을 신으면서 미형의 얼굴을 독하게 노려봤는데 눈이 마주치는 순간 미형은 이상한 기분에 휩싸였고 뭔가를 알아차렸다. 할머니는 미형을 가족회의에서 일부러 뺐으면 하는 것 같았다. 가족 속에서 미형 엄마의 평판이 어떤지를 짐작하게 하는 대목이었다. 외할아버지와 연락이 닿았는데 왜 나는 그 기쁨을 함께할 수 없는 것인가. 따로 글을 남길 정도로 외할아버지는 나를 사랑하기까지 하는 데 말이다. 미형은 이해가 가지 않았다. 아니, 이해하고 싶지 않았다.

배꼽 추억

미형을 가족회의에 참여하도록 힘써 준 것은 북자 이모였다. 할머니에게는 동네 구경을 나가려면 안내자가 필요하다고 둘러대었다. 카페 가기 전에 점심 식사부터 하기로 하고 중국집으로 들어가 자장면 두 개를 시켰다.

"이것 좀 봐. 추추의 새 글이 올라왔어."

"정말?"

제목은 '아들딸들에게'였고 달랑 사진뿐인 글이었다. 반응이 너무 빨라 누군가 외할아버지 아이디를 도용한 게 아닐까 싶었다. 자세히 뜯어봤더니 감이 왔다. 미리 써놓은 글을 휴대 전화로 찍어 게시한 게 분명했다. A4 용지 한 장가량의 분량을 세

장의 사진으로 나누어 찍다 보니 겹친 내용이 있었다. 군데군데 글씨체와 필기도구가 다른 것으로 보아 한꺼번에 작성한 것이 아니라 두고두고 적었다는 것을 알 수 있었다. 글씨를 썼다가 볼펜으로 까맣게 칠한 자국도 있었다.

"이러지 말고 새로운 대화방을 개설하자."

"가족회의를 하려면 그게 낫겠어."

순식간에 대화방이 만들어졌다.

💬 올라온 사진 내용을 새로 타이핑해서 올렸으면 좋겠는데…….

그렇게 제안한 사람은 큰외삼촌이었다. 좋은 생각이라며 하트와 이모티콘이 빵빵 터졌다. 외할아버지 글은 초점이 맞지 않아 알아보기 힘든 상태였다.

"뭐 대단한 사람이라고."

가족들이 큰외삼촌을 지나치게 높은 자리에 올려놓으려고 할 때마다 엄마가 입술을 삐죽이며 했던 말이었다. 미형의 엄마가 가방끈 따위에 굴한 적이 없다는 것은 가방끈이 너무 짧은 현실을 커버하는 버팀목인 동시에 은근한 반전 매력으로 기능할 때가 있었다. 북자 이모가 무능한 고학력자인 것만 봐도 그 세계는 왠지 허무맹랑한 데가 있지 않나. 미형은 그렇게 짐작했다. 엄마는 그것을 잘 알고 활용하는 것 같았다.

누가 할래?

큰외삼촌이 물었다.

저요! 제가 할게요!

입이 먼저 소리쳤고 손은 잽싸게 글자를 쳐서 전송했다. 경쟁자라도 있는 것처럼 미형의 행동은 재빠르고 정확했다. 학교에서는 이런 식으로 나선 적이 한 번도 없었는데 말이다.

오 ~

미형에게 칭찬이 막 쏟아지려고 하는데 대전에 사는 큰이모가 찬물을 끼얹었다.

타이핑할 거 없어. 문구점에 가면 그 상태로 프린트해 줘.

알아보기 쉽게 요약해서 타이핑해.

큰외삼촌이 미형의 편을 들었다. 의견을 더 물어볼 것도 없었다. 큰외삼촌 말이 곧 법이었기 때문이다. 미형은 자장면이 나왔는데도 바로 수저를 들지 않고 다시 한번 글자를 쳤다.

북자 이모가 적극성을 칭찬하며 미형이 누구인지 대화방에 소개했다. 이니셜이 닉네임으로 표시되어 있었는데 큰외삼촌이 "미형이 귀엽네."라고 해서 감동했다. "그새 많이 컸네."라는 덕담도 나왔다.

'어떤 상황에서도 주눅 들지 않을 테야. 엄마는 엄마고 나는 나야.'

이렇게 생각하며 젓가락을 내려놓고 사진을 확대해 가면서 본격적으로 글자를 치려는데 북자 이모가 우선 먹고 하라고 했다.

"다 먹었어."

미형은 면이 사라진 자장면 그릇을 가리켰다. 조금 창피했다. 나는 왜 먹는 속도가 이렇게 빠른가. 스트레스가 있을 때는 폭식을 하는 것도 문제였다. 북자 이모가 탕수육 하나 시킬까 했지만 사양하고 글자를 치기 시작했다.

💬 아들딸들에게.

두 번째 행에 이르러 미형의 손가락이 어눌하게 더듬거렸다. 글자를 알아보기가 힘들었다.

💬 너희들에게 주는 숙제다.

북자 이모가 내용을 확대해 가며 글자를 불러 주었다.

"그렇게 평범한 내용이었어?"

"이게 평범한 내용이니?"

"응?"

"그 아래 두 번째 줄도 잘 안 보이지? 나는 여기에 있을 것이다, 같아. 그리고…."

신나게 타이핑하다가 한순간 멈칫 놀라며 동작을 멈추었다. 처음에는 내용이 비논리적이고 횡설수설 들쑥날쑥, 동해로 갔다가 서해로 갔다가 해서 그냥 뜻 없이 했던 낙서가 아닐까 의심했지만, 점차 외할아버지가 무슨 말을 하려는지 감을 잡았다. 외할아버지는 자신이 어디에 있는지 수수께끼 힌트를 주고 그곳으로 찾아오기를 권했으나 조건이 있었다. 미형의 가족은 외할아버지를 중심으로 으뜸 추억을 가지고 있는데 그게 무엇인지 아느냐고 묻는 내용 같았다. 으뜸 추억에는 괄호가 쳐져 있었다.

💬 으뜸 추억(= 배꼽 추억 : 북자에게 물어 보너라)

북자 이모를 쳐다봤더니 이렇게 설명했다.

"오래전 외할아버지와 이야기를 나누면서 사용했던 말인데… 많고 많은 가족 추억 중에서 가장 소중한 것을 그렇게 불러. 추억 1호, 혹은 추억 1번가."

"왜 하필 배꼽인데?"

"배꼽이 왜?"

"더럽잖아."

"더럽다고? 배꼽이?"

"아니야?"

"글쎄."

"때도 있고 때가 끼기도 쉽고… 하하하 그 때에서는 지독한 냄새가 나지."

"그래? 난 그런 생각은 못해 봤네."

"이모 배꼽은 깨끗하다는 거야?"

"넌 냄새나니?"

"아, 뭐야, 지금 인신공격이야?"

"아니, 인심공격. 호호호호… 난 배꼽이 한 가족의 신성한 중심인 줄만 알았지 거기서 냄새난다든가 하는 건 생각도 못했네. 넌 정말 기발해."

"맙소사, 내 눈에는 세상에서 이모가 제일 기발해. 남들은 다 더럽다고 하는데 어떻게 혼자만 거기서 추억을 찾냐?"

"탯줄이 있었던 자리잖아. 태어나기 이전과 이후를 연결하는 게 배꼽이라고 생각했어."

"흠."

"왜 고구마 뿌리를 땅속에서 뽑으면 고구마가 줄줄이 딸려 올라오잖아. 그런 거."

그러자 사람 배꼽에서 자라난 고구마 줄기가 상상되었고 그것을 잡아당기자 주렁주렁 사람이 달려 올라오는 환상이 펼쳐졌다. 하지만 그게 뭐 어떻다는 것인지는 도저히 알 수 없었다.

"암튼 외할아버지는 배꼽 추억이 무엇인지 우리가 기억하기를 바라는 거지?"

"응. 그러면 외할아버지가 계신 장소에 대한 힌트가 나온다는 것 같아."

"뭐 감 오는 거 있어?"

"전혀 없어. 이러다 수수께끼 못 풀면 어쩌나 걱정이 태산이다."

"그런데 이건 뭐야?"

용지의 오른쪽 귀퉁이에는 그림이 그려져 있었다. 동그라미가 쳐져 있지 않았다면 지나칠 수도 있을 만큼 후미진 위치였다.

C

어떻게 입력해야 할지도 몰랐지만 단순한 낙서인지 외할아버지가 전달하려는 내용인지 판단이 서지 않았다. 민정이는 옆짝 한국사 교과서 한 귀퉁이에서 '김민정 16세, 주지훈 빠순이'라고 적혀 있는 것을 본 적이 있다고 한다. 낙서란 그런 것이다. 본론인 한국사와는 아무런 상관이 없다. 북자 이모는 눈을 가늘게 뜨고 문제의 그것을 보고 또 보더니 종이에 옮겨 그린 다음 사진을 찍어 대화방에 올렸다.

💬 언니 오빠들 이거 어디서 본 것 같지 않아?

안다는 사람은 나오지 않았다. 외할아버지가 사진으로 찍은 종이가 구겨지면서 생긴 자국이 아니냐는 의견도 있었다. 그러는 사이 외할아버지가 올린 사진의 타이핑이 대충 끝났다. 중국집에서 나와 문구점으로 가서 한글 문서에 오려 붙인 다음 곧장 대화방에 올렸다. 자주 가던 오프라인 카페로 가서 막 자리를 잡았을 때였다.

💬 나는 알 것 같아.

라이터 외삼촌이 글을 올렸다.

💬 엄마가 횃댓보에다 그와 같은 표식을 수놓았었던 것 같은데, 아니야?

그러자 식구들이 각종 이모티콘을 보내며 감탄했고, 연이은 알림 소리는 마치 수백 마리 병아리가 숨어 삐악거리는 것 같았다. 미형은 휴대 전화를 얼른 묵음 상태로 바꿨다.

💬 아, 맞아.

💬 정말 오랜만에 보는 거네

놀랍다는 감탄사가 이모티콘과 함께 차곡차곡 쌓였다.

대화방에는 미형의 엄마도 들어와 있었다.

💬 엄마가 횃댓보에 수놓았던 거 맞대.

미형 엄마에 의해 외할머니의 인증까지 소개되었다. 횃댓보가 뭐냐고 물었더니 이모, 외삼촌 가릴 것 없이 다투어 나서서 설명했다. 벽에다 옷을 걸어놓은 다음 그 위를 가리기 위해 쳐놓은 가림막이라고 했는데 이미지가 딱히 그려지지는 않았다. 용도로 치면 커튼과 비슷하며 옛날에는 혼수품 중에서 필수적이었다는 것이다. 그 표식을 확인하고 호주의 외할머니가 던졌다는 한마디가 소개되었다.

이 영감이 내 탓할 줄 알았다. 언제나 나를 못 잡아먹어 난리지.

그러면서 마음을 그따위로 쓰려거든 집에 들어오지 말고 태평양으로 가서 빠져 죽으라고 했다는 것이었다. 미형 엄마에 의해 그런 내용이 걸러지지 않은 채 대화방에 올라오고 난 뒤 한참 동안 침묵이 찾아왔다.

썰렁했던 분위기가 다시 살아난 것은 대전 이모가 문제의 횃댓보를 농에서 찾아 사진으로 찍어 올렸을 때였다. 물을 뿌려가며 다림질하는 모습의 사진도 함께 올라왔다. 이후로는 난리도 그런 난리가 없었다. 행사장 같았다.

우와, 왁, 이걸 여태 안 버리고 가지고 있었다는 거야?

감탄과 찬사가 이어졌다. 가운데 놓고 누가 그 횃댓보를 유산으로 물려받을 것인지 내기라도 했다면 볼만한 시합이 벌어지지 않았을까. 아주 낡고 커다랗고 오래된 흰색 천 네 귀퉁이에 꽃과 새가 나오는 그림과 함께 문제의 표식이 남색 실로 수놓아져 있었다.

"음."

북자 이모도 뭔가 생각난 눈치였다. 그리고 대화방에서 이런 대화가 이어졌다.

💬 그거야.

💬 응?

💬 어머니를 산막골로 들어가게 만든 그것.

💬 아, 그 조직인가 뭔가 하는?

무슨 조직이냐고 물으면서 북자 이모를 쳐다봤더니 1960년대 초에 잠깐 생겼다가 없어진 학생 조직이라는 게 아닌가. 그런데 대학교가 아니라 외할머니가 다녔던 여고였다고 한다.

"일진 같은 건가?"

조용하고 예의를 다해 물었으나 언어맞을 뻔했다. 북자 이모는 황당한 비유라면서 인상을 찌푸리더니 정치적인 성격을 띤 조직이라고 했다. 미형에게는 정치 조직이나 일진이나 그게 그거인데 북자 이모는 아닌 것 같았다. 외할머니가 여고 다닐 때 그런 비밀조직에 가입한 적이 있고 경찰에 쫓기면서 산막골이라는 깊은 산속으로 피신해 지낸 적이 있다는 것이었다. 그러고 보면 엄마로부터 비슷한 이야기를 들었던 적이 있었다. 그때 주입된 어떤 뉘앙스 때문에 정치 조직이나 일진이나 같은 것으로 생각하게 된 것인지도 모른다.

북자 이모는 그 조직에 관해 이렇게 설명했다.

"세상을 바꾸려고 한 거야. 그래서 만든 조직이었어."

"고등학생들이?"

"응."

"오~." 미형은 말귀를 알아듣고 감탄사를 길게 끌다가 코를 킁킁거렸다. 어디선가 냄새가 날아와 콧구멍을 자극했다. 배꼽 냄새 같기도 하고 라이터 냄새 같기도 했다. 하지만 알고 보니 아주 엉뚱한 냄새였다.

난 여기에 있다

할머니의 호출을 받고 집으로 갔더니 부침개를 여러 장 부쳐 놓았다. 새우와 오징어 같은 다양한 해물이 들어가 고소한 냄새가 났으나, 그것을 카페로 가지고 가 북자 이모와 둘이 나눠 먹으라고 했을 때는 경악을 금치 못했다.

"할머니 이런 거 가지고 가면 걸려. 카페 주인은 싫어한다고."

카페 주인을 교문 앞 선도부처럼 말했지만 할머니한테는 통하지 않았다. 누가 뭐라고 시비 걸면 부침개라고 당당히 말하란다.

"말했는데도 머라고 하면 쪼꼼 띠조라."

그러면 통할 거라고 했다. 아휴휴. 커피 파는 사람은 커피만

팔면 되지 뭔 말이 많으냐며 막무가내로 화를 냈을 때는 슬슬 체념이 되었다. 일단은 집 밖으로 부침개를 들고 나갈 수밖에 없는 처지라 할 수 없이 싸들고 나서다가 조용해진 화장실을 들여다보았다. 파헤쳐진 시멘트 잔해들을 마대 9포대에 담아 현관 밖에 쌓아놓는 것을 보았던 참이라 내부 모습이 궁금하기도 했다. 삼환 아저씨는 등을 진 채 덩그러니 쪼그리고 앉아 뭔가를 들여다보고 있었다. 인부 한 사람은 집 밖에서 다른 일을 보고 있었다. 삼환 아저씨 뒷모습이 고독해 보여 말을 걸었다.

"아저씨 뭐 하세요?"

"고민하고 있지."

깜짝 놀라 부침개 보따리를 식탁에 내려놓고 화장실 안으로 들어갔다. 아저씨가 들여다보고 있는 것은 동그랗고 작은 구멍 두 개였다. 그 구멍들이 한 집과 다른 집을 연결시켜 서로를 빼도 박도 못하는 사이로 만들어 버리는 셈이다.

"이게 왜요?"

"하수도 수챗구멍인데 물이 어디서 어디로 흐르는지 알 수가 있어야지."

물이 이쪽 구멍에서 저쪽 구멍으로 흐르는지 저쪽에서 이쪽으로 흐르는지 방향을 알고 싶다는 것이다. 그러고 보니 양쪽 방향 모두 높낮이가 없이 평형을 유지하고 있는 상태였다. 저쪽에서 이쪽으로 흐른다면 하수구가 화장실 옆 작은 방의 바닥을 거쳐 아래층으로 연결되었다고 볼 수 있고, 그 반대라면 방을 거치지 않고 아래층으로 곧장 연결되었을 가능성이 높다고 했다. 그 순간 삼환 아저씨가 우리 식구에게 등 떠밀려 얼마나 큰 모험을 하고 있는지 비로소 이해가 갔다. 401호에서 실험을 방해했고 지금도 방해하고 있다는 것이 어떤 의미인지 연주한테 말할 기회가 왔으면 좋겠다고 생각했다.

"건축업자들은 도대체 왜 이런 모험을 감행하는 건가요? 돈 때문이겠죠?"

미형이 답답한 나머지 혼잣말처럼 한 소리였는데 삼환 아저씨는 그걸 또 자기 스타일로 받았다.

"요즘 사람들이 이런 집을 원하니까. 이익만 따지는 건축업자들은 얼씨구나 하면서 대세에 맞춰 가는 거지. 심지어는 집 없이 방만 덩그러니 있는 곳도 많아."

"집 없는 방이라고요?"

즉각적인 반문이 생겼지만 미형은 잠시 호흡을 가다듬었다. 집에 속해 있지 않은 방이 뭘까, 상상하기 시작했으나 딱히 그려지는 그림은 없었다. 혹시 1인 가구를 말하는 건가. 아니, 아니다. 삼환 아저씨는 지금 미형의 집을 빗대어 말하고 있었다.

501호 미형의 집이 집 없는 방이라는 이야기를 하고 있는 건지도 모른다. 말문이 막혀서 "아효, 에효, 에구구" 했더니 아저씨가 한 마디를 덧붙였다.

"아무리 집의 모양을 갖추고 있어도 여백이 없으면 집이라고 할 수는 없을 것 같다."

"여백요?"

그런 것은 그림이나 시조, 혹은 현대시를 배울 때 나왔던 이야기였다.

"햇볕이 잘 드는 곳에 베란다를 놓는다든가 자전거를 세워 둘 수 있는 처마 밑 공간, 쉬는 날 뒹굴뒹굴 빈둥빈둥 어슬렁어슬렁할 수 있는 장소를 집 짓는 사람들은 여백이라고 한다더구나. 내가 집에 관한 일을 하면서 만난 최악의 나쁜 생각은 베란다는 물론 거실조차 필요 없다고 하는 것이었어."

미형은 "네." 하면서 어색하게 입을 다물었다. 그렇게 주장한 적은 없었지만 미형의 부모도 다르지 않았다. 크고 작은 베란다가 있어야 할 공간을 모조리 방으로 만든 곳을 집으로 선택해 이사 왔으니 말이다. 미형의 집에서 베란다라곤 보일러가 있는 손바닥만 한 공간뿐이고 그 좁은 공간에 온갖 허드레 물건들을 다 넣어두었다. 여백은 고사하고 품격이라고는 찾아보기 힘들었다.

"아저씨는 철학자 같아요."

진심으로 한 말이었다.

"어떤 젊은이가 철학자는 철근에 학을 뗀 사람이라고 하더구나."

"어머낫, 호호호호."

70대 할아버지가 친 개그이니 할배 개그라고 해야 하나.

"그 젊은이는 그래서 나무로만 집을 짓는다더라."

삼환 아저씨가 말했다. 누구냐고 물었더니 자기 아들이라고 해서 허탈했다.

"지금 아들 자랑하시는 건가요?"

"그런가?"

속으로 '이 사람 뭐지?' 하는데 다행히 아저씨가 먼저 본론으로 돌아갔다. 구멍을 뚫어져라 들여다보면서 한숨을 쉬었다.

"그나저나 물은 어디에서 어디로 흘러가나."

그걸 꼭 알아야 다음 작업을 진행할 수 있다는 표정이어서 미형은 가벼운 말투로 생각하는 바를 전했다.

"물을 부어 보면 되잖아요."

아저씨는 고개를 가로저었다. 구멍에 물을 직접 부었다가 아래층으로 물이 새면 이번에는 멱살을 잡힐지도 모르기 때문이다. 그렇다고 하염없이 구멍만 쳐다보고 있어야 할까. 답답한 마음에 싱크대로 가서 바가지에 물을 담았다. 그때 평소 대단치 않았던 미형의 머리에 불이 켜졌다. 싱크대에서 사용한 물은 도대체 어디로 흘러가는 것인가. 미형은 급하게 아저씨를 불러 그 의문을 꺼내놓았다.

"싱크대는 지금까지 계속 사용해 왔어요."

그러니 싱크대에서 흘러간 물의 통로에는 이상이 없다고 봐야 한다. 싱크대에서 물을 사용한 것과는 상관없이 아래층에서 물이 새거나 멈추었기 때문이다. 401호의 방해로 아무것도 알 수 없고 볼 수도 없었지만 확실한 하나가 손에 잡힌 것이다. 삼환 아저씨가 미형의 아이디어에 즉각 반응했다.

"그럼 싱크대 물을 한 번 틀어 봐."

물을 흘려보낸 지 1분도 되지 않아 화장실 안에서 묵직한 탄성이 새어 나왔다. 할머니도 달려와 현장을 확인했다.

"아, 이렇게 지나가네."

들어가 봤더니 물이 이쪽에서 저쪽으로 흘러가는 게 보였다. 얼음 땡 놀이로 동작을 멈추었던 집이 마침내 뚜벅뚜벅 걸음을 떼어놓기 시작한 것 같았다. 집이 가요, 집이 걸어가고 있어요. 삼환 아저씨는 할머니에게 그 상황을 요약해 보고했다.

"하수구에는 이상이 없습니다."

상수도는 기계로 체크해 보았으니 물이 샌 곳은 바닥이었다.

방수했던 부분에서 물이 스며들어 누수가 발생했다는 뜻이었다. 미형은 무허가 업자들이 막무가내로 공사를 진행하는 이유를 알 것 같았다. 이렇게 찍는 방식이 늘 들어맞는 것은 아니겠지만 대체로 통하리라는 인상을 지울 수 없었다. 무허가 업자나 302호 입장에서는 501호가 공연히 가탈을 부리는 것처럼 여겨졌을 것이다. 재수 없다고 생각했을 것 같다.

"그럼 이제 안심하고 공사하면 되는 건가요?"

삼환 아저씨가 고개를 끄덕이며 활짝 웃었다. 401호가 어떻게든 공사를 방해하려고 501호를 꽁꽁 옭아맸으나 집이 자신의 의지로 결박을 푼 것 같아 기분이 좋았다. 포기하지만 않는다면 방법은 얼마든지 생기기 마련이다. 할머니도 아저씨도 한시름 놓았다는 표정이었다.

미형은 신나게 부침개를 들고 카페로 달려가 그 사실을 전했고 북자 이모는 뭔가를 적어 대화방에 올렸다.

💬 냄새가 나니까 배꼽인 것 같아.

여기저기서 무슨 소리냐고 물었다.

💬 난 배꼽을 한 사람의 소중한 부분이라고만 생각해 왔는데 미형이 이야기를 듣고 큰 깨달음을 얻었어. 미형이에게 배꼽은 냄새더라고. 그 말을 듣고 내 관념이 무너지는 것을 느꼈어. 아이들이 얼마나 귀하고 소중한 존재인지 다시 한번 깨

달았지.

“큭큭큭큭.” 미형은 몰래 웃음을 물었다. 만약에 티브이에 어떤 잘난 아줌마가 나와서 그런 소리를 했다면 화장실로 달려가 토했을지 모른다. 하지만 북자 이모가 진심으로 미형을 향해 말하니까 하나도 역겹지 않았다. 오히려 그 칭찬이 계속되었으면 싶었다.

처음에는 배꼽에서 냄새난다는 말이 가족들에 의해 잘 접수되지 않았다. 마치 자기들 배꼽은 깨끗한 것처럼 거부반응을 보였다. 누군가 이런 질문을 던졌다.

우리 가족의 추억 중에서 너무나 소중하고 아름답고 자랑스러운 데도 역한 냄새를 풍기는 게 뭐가 있을까.

북자 너는 뭐 아는 거 있니?

미형은 속으로 외할머니와 큰외삼촌 사이에서 벌어진 칼 논쟁이 아닐까 생각해 보았다. 어떻게 생각하면 비유나 농담 같지만 또 어떻게 생각하면 막장 드라마 저리 가라였다. 진실이 뭔지는 미형도 모른다.

그때였다. “팅,” 하고 알림이 왔다. 외할아버지가 또 글을 남겼다. 미형은 후다닥 카페 안으로 들어갔다.

난 여기에 있다.

단 한 문장이었다. 게다가 10포인트로 쓴 글씨였고 행을 띄우지도 않았다. 언뜻 보면 글을 올렸는지 빈 게시물인지 헷갈릴 정도였다. 가족들을 향해 카페에 들어가 보시라고 대화방에 알린 다음 뭔가 더 나오지 않을까 기다려 보았다. 하지만 그게 다였다.

누군가 댓글을 달았다.

▤ 아버지, 도대체 거기가 어딘데요?

뿍뿍이 이름으로 올라온 댓글이었다.

미형은 '여기'라는 말이 왠지 모르게 북자 이모와 자신이 앉아 있는 오프라인 카페일 수도 있다는 생각이 들어 다른 자리에 앉은 사람들을 흘금거렸고 구석진 자리에 앉은 사람 얼굴을 확인하기 위해 자리에서 일어나 돌아다니는 짓도 서슴지 않았다.

온라인 카페는 떠들썩했다. 수많은 북자 이모가 움직이기 시작한 것이다. 하지만 잠시 뒤 지금까지 있었던 것과는 비교할 수 없는 충격적인 일이 벌어졌다. 가장 먼저 사건을 감지한 것은 라이터 외삼촌이었다.

난 여기에 있다. 그 글 어디로 간 거야?

그러자 여기저기서 같은 사인이 왔다.

내 폰에는 안 떠.

나도.

나도 나도.

북자 이모가 휴대 전화를 미형에게 넘겼다. 알아보라는 뜻이었다. 미형은 와이파이를 끄고 데이터를 켠 다음 온라인 카페를 나갔다가 다시 들어가는 방법을 썼다.

"어?"

당황한 나머지 미형의 손가락 움직임이 빨라졌다.

"이상하지?"

북자 이모가 연거푸 말했을 때 감을 잡았다.

"외할아버지가 글을 지운 것 같아."

"설마."

"그뿐이 아니야."

"응?"

"외할아버지가 카페를 탈퇴하셨어."

"뭐?"

북자 이모가 험악한 표정으로 미형을 노려보았다. 마치 미형이 외할아버지를 내쫓기라도 했다는 식이었다. 미형은 자신의 휴대 전화를 북자 이모 눈앞에 바싹 들이대고 회원 보기로 들어간 다음 목록을 보여 주었다.

"회원이 네 명이어야 하는데 세 명이야."

거기에는 뿍뿍이와 깐따라비야, 그리고 큰외삼촌 이름으로 된 닉네임만 덩그러니 기록되어 있었다.

💬 어떡해? 이게 무슨 일이야?

하지만 아무리 애를 써도 탈퇴한 사람을 붙잡을 방법은 없었다. 현실과는 달리 온라인상의 나가기에는 발자국이 남지 않는다. 큰외삼촌은 외할아버지가 실수로 뭘 잘못 만져 이렇게 된 거 아니냐고 물었고 대전 큰이모는 우리가 한 사람 아이디를 마구 사용하니까 서비스업체에서 차단한 것일지도 모른다고 했으나 실소조차 나오지 않았다.

💬 온라인에서 나가면 어디로 나가는 건데?

충격을 받아서인지 말도 안 되는 질문이 대화방으로 터져 나왔다.

북자 이모는 외할아버지가 더는 우리 가족이 아닌 사람이 되는 곳으로 갔을까 봐 겁난다며 울먹였다.

카페에 앉아 배꼽 추억 이야기를 할 때만 해도 희망이 있었고 머지않아 외할아버지는 돌아올 것이라고 믿었다. 하지만 외할아버지가 카페에서 탈퇴하자 열렸던 문이 다시 닫혔다. 외할아버지는 가족들이 찾아갈 수 없는 곳으로 가 버렸다. "난 여기에 있다." 그렇게 말하기는 했지만 거기가 어디인지 알 수가 없으니 무슨 소용이란 말인가.

가족들은 상처를 받은 채 온라인에서 나가 침묵을 지켰다. 전화조차 주고받지 않았다. 미형은 외할아버지가 외할머니를 데리고 호주로 이민을 가고 스스로 행방불명을 선택한 배경에 경제력이 모자라는 자신의 부모가 있다고 생각하면 미칠 것 같았다. 어떻게든 도움이 되고 싶지만 할 수 있는 게 없었다. 미형은 카페 밖으로 나가 터덜거리며 동네를 돌아다녔다.

"아구마 그 어른이 그래 독하신 양반이 아닌데 이기 무신 일이래여."

부침개 그릇을 갖다 놓으려고 집에 들러 할머니에게 일어난 일을 전달했더니 반응이 그랬다. 안방 화장실에서 볼일을 보고 나서 하릴없이 카페로 돌아가다가 골목 어귀를 걸어가는 사람의 뒷모습에 시선이 꽂혔다. 어스름이 밀려와 분명하지는 않았지만 어쩐지 외할아버지와 유사하다는 느낌이 들어 죽어라 달려가 따라잡았다. 하지만 외할아버지와는 거리가 먼 사람이었다. 카페로 돌아가 자리에 앉으면서 숨을 헐떡였더니 북자 이모가 이유를 물었다.

"어떤 사람이 외할아버지같이 보여서 막 뛰어가 확인했거든."

"그래? 누구던데?"

"아주 젊은 사람이었어."

"어떻게 그런 생각을 다 했어?"

미형은 잠깐 뜸을 들인 다음 용기를 냈다.

"외할아버지가 '난 여기에 있다'고 그러셨잖아."

"여기를 여기라고 생각한 거야?"

북자 이모가 손가락으로 앉은 자리를 짚었다. 그러고는 픽, 소리 내어 웃었다. 미형은 자신을 바보 취급하는 것 같아 기분이 언짢았다. 이후 난데없게도 '여기'와 '거기', '저기'의 차이에 관한 북자 이모의 훈계가 시작되었다. 가방끈다웠다.

"외할아버지가 말한 '여기'는 우리가 있는 여기가 아니라 외할아버지 입장에서의 여기야, 우리에게는 거기인 셈이지. 우리는 모두 거기가 어디인지 몰라 애를 태우는 중이고."

훈계도 부족해 무시하기까지 하니 답답해 미칠 것 같았다.

"외할아버지는 평생 가족을 위해 희생하셨고 항상 가족들 입장에서 생각하셨다며?"

"그러셨지."

"그렇다면 외할아버지가 말한 여기가 우리가 잘 모르는 막연하고 막막한 거기일까, 아니면 자식들이 오순도순 모여 있는 여기, 대한민국일까?"

말도 안 되는 썰을 풀었지만 일단 끝을 맺고 나자 속은 시원했다. 그런데 별 의미 없는 그 말들이 북자 이모에게 영감을 준 모양이었다. 갑자기 "와우!" 휘파람을 불었다. 처음에는 비꼬는 줄 알았다.

"칫!"

한마디만 더 하면 발딱 일어나 오프라인 카페를 나가버리려고 자세를 취하고 있을 때 북자 이모가 묘한 표정으로 말했다.

"맞아."

"응?"

"외할아버지는 언제나 그런 식이었어."

그러더니 그 내용을 간단히 적어 대화방에 올렸다. 마지막 구절은 이랬다.

💬 지금 나랑 똑같은 생각 하고 있는 사람?

그러자 라이터 외삼촌이 반응했다.

💬 산막골!

💬 맞아.

미형의 이름을 거론하며 천잰데? 라고 말한 것도 라이터 외삼촌이었다. 어안이 벙벙했다. 삼천포로 빠졌다고 생각했는데 알고 보니 거기가 궁극의 장소였단 말인가. 물론 비관적인 글도 없지 않았다.

💬 설마.

💬 지금 드라마 찍냐? 산막골 토막집은 다 허물어졌어. 더 이상 사람이 기거할 장소가 아니야.

그러면서 북자 이모를 나무란 것은 미형 엄마였다.

💬 미형이 믿으면 안 돼. 걔 이도 잘 안 닦고 자는 애야. 얼마나 엉뚱한데.

북자 이모는 굴하지 않았다. 내친김에 이렇게 글자를 쳤다.

💬 기거할 수는 없어도 기다릴 수는 있어. 아버지는 아무리 추워도 우리가 학교에서 돌아올 때는 밖으로 나와 온갖 바람을 맞으면서 우리를 기다렸어.

그리고 다음과 같은 글을 올렸다.

💬 지금 같이 산막골로 가 봐요.

뚱뚱한 토끼 이모티콘이 나타나 당근을 타고 앞장섰다. 나뭇잎 한 장이 그 뒤에서 팔랑 나부꼈다.

💬 가 보자!

💬 당장 가자!

💬 나도.

그렇게 하여 순식간에 팀이 꾸려졌다.

💬 월요일은 월차 내는 날. 가즈아 ~

어디서 몇 시에 모이자고 정하지도 않았는데 북자 이모가 자리에서 일어났다.

“가자!”

마음이 급해 보였다. 미형은 그때까지도 자리에서 미적대고 있었다. 영문을 몰랐다. 도대체 왜 산막골이라는 건지 이해가 안 갔다.

모두 함께 움직이려면 렌터카를 빌리는 게 낫겠다는 글이 떴을 때였다. 앞장서 밖으로 나가던 북자 이모가 미형에게 다가와 얼른 집으로 들어가라며 등을 떠밀었다. 미형은 기가 막히고 코가 막혔다. 애들은 빠지라는 소리가 아닌가. 아이디어를 낸 게 누군데? 외할아버지가 제시한 문제를 누가 풀었는데!

산막골 연가의 비밀

일주일쯤 지나자 공사는 마무리되었다. 남은 문제는 화장실을 사용해 보고 아랫집 반응을 살핀 다음 결론을 내리는 것이었다. 삼환 아저씨는 끝까지 신중한 자세를 잃지 않았다. 사람이 하는 일이다 보니 생각지도 못한 데서 하자가 날 수도 있으므로 돈은 최종 결론이 난 이후에 보내 달라고 했다. 삼환 아저씨와 통화를 끝내고 나더니 북자 이모가 신경질을 부렸다.

"장인 코스프레도 정도껏 해야지."

하지만 이내 "내가 좀 예민한 모양이네." 하면서 수줍어했다. 삼환 아저씨에게 일러바칠 사람도 없는데 왜 저러나 하다가 북자 이모 마음을 눈치챘다. 이모는 하루라도 빨리 "공사 끝!"을 선언하고 싶은 것 같았다. 그래야 안동으로 돌아갈 수 있기 때문이다. 산막골을 다녀온 뒤로 뾰족한 말도 입에 담았고 멍 때리는 일도 잦아졌다. 할머니한테는 뭐든 예예만 하더니 "아닌 것 같은데요."라고 하기도 해서 미형보다는 할머니가 더 놀라는 눈치였다.

그제는 하마터면 할머니와 북자 이모가 말싸움을 할 뻔했다. 재활용 쓰레기를 버리러 아래로 내려갔던 할머니가 한참 만에야 현관으로 들어섰는데 얼굴이 붉으락푸르락했다. 무슨 일인가 물었다가 미형은 폭소를 터트렸다. 할머니가 쓰레기봉투를 들고 건물 바깥으로 나갔을 때 교복을 입은 남자애 두 명이 다가와 인근 편의점에서 담배 좀 사달라고 부탁했단다.

"이 누무 새끼들이 그거 사다 주면 500원 주겠다고 하더라."

"심부름 대가로?"

싫다고 거절했지만 그것으로 끝나지 않았다.

"고 배라먹을 눔들을 잡아다가 국을 끓이 먹어도 시원찮은데 못 가구로 앞을 막아서민서…… 아이고. 나중에는 사람 살리라고 소리쳤더니 다램지처럼 내빼버리지 머나."

미형은 할머니 감정을 생각할 틈 없이 큰 소리로 웃어댔다. 심부름 값 500원도 그랬지만 미형은 남자애들이 할머니를 붙잡고 담배 셔틀을 시도했다고 이해한 것과는 달리 할머니는 자신이 납치당했다가 겨우 풀려났다고 여기는 것 같았다. 같은 상황을 놓고 생각이 너무 달라 웃다가 이성을 잃기까지 했다.

"돈이 너무 적었네. 심부름 값이 천 원이나 이천 원이었다면 담배 사다 줬을 거지?"

그러자 등짝으로 스매싱이 들어왔는데 장난이 아니었다.

"이 누무 가시나가 당장 나가서 그놈들 잡아오겠다고 나서도 시원찮을 판에."

그때 잔뜩 인상을 쓴 채 지켜보기만 하던 북자 이모가 할머니에게 태클을 걸었다.

"사돈어른, 미형이한테 그러지 마세요."

거기까지였다면 괘씸하기는 해도 흐지부지 넘어갔을 것이다. 할머니 역시 미형네 집안일 때문에 와 있는 북자 이모에게 미안한 마음이 있었으니까. 그런데 그날은 북자 이모가 약간 오버했다. "이건 폭력입니다."라고 수위 높은 지적을 하더니 결정적으로는 "아이들은 어른들 기분 풀이 대상이 아닙니다."라고 말한 것이다. 그날따라 대번에 말귀를 알아들은 할머니가 "지금 뭐라고 해여?"라며 발끈했다.

직접적인 충돌은 거기서 그쳤다. 북자 이모가 곧바로 "죄송하지만요."라는 말을 덧붙였기 때문이다. 하지만 분위기는 돌이킬 수 없이 나빠졌다. 할머니는 "안사돈이 자식들한테 기분 풀이 하는 걸 왜 나한테 덮어씨아여?"라는 소리를 몇 번이고 반복했다. 북자 이모가 들으라는 소리였지만 북자 이모한테 하는 소리가 아닌 것처럼 위장하기 위해 티브이를 응시한 채 쏘아붙였다.

북자 이모는 할머니 혼잣말 수위가 "돈으로 미형 엄마 꼬이내 이간질 심바람을 시킨기 누군데 그래여?"까지 올라갔을 때 마침내 보따리를 쌌다. 공사가 종지부를 찍기도 전이었고 수업 때문에 안동에 내려갔다 온 다음 날이었다. 501호 거실에서 위험을 경고하는 북소리가 둥둥 울려 퍼졌다.

"아무리 그래도 사돈인데 너무 심한 말 같지 않니?"

북자 이모가 짐을 챙기면서 미형에게 몰래 한 말인데 할머니는 그걸 또 들었나 보다.

"시방 눈을 똑바로 달고 그런 소릴 해여? 내 아들 메느리 이국으로 딜고 가서 집구석을 이 모냥으로 맹근 기 누군데 그래여?"

"어머나, 그렇지 않거든요!"

그와 같은 말씨름에 가장 상처받는 사람은 누구일까. 말할 것도 없이 미형이다. 돈 때문에 꼬임 당해 오라고 하지도 않은 곳으로 가 얼쩡대는 게 자신의 부모였으니 말이다.

"저 그만 가 볼게요. 안녕히 계세요."

북자 이모는 건성으로 인사하고는 현관문을 밀고 나갔다. 짐이라고 할 것까지 없는 가방 하나를 끌면서. 미형은 휴대 전화와 지갑을 챙겨 북자 이모를 따라나섰다. 이대로 보내고 나면 마음이 너무 아플 것 같았다.

"쳇, 괜히 우리 할머니한테 난리야. 부모들이 자식들한테 기분 풀이 하는 건 그렇다 치고 이모는 왜 남의 할머니한테 그러는 건데?"

"그러게 말이다."

북자 이모 표정을 보니 후회하고 있었다. 미형의 집으로 다시 가지는 않겠지만 오늘이 가기 전에 할머니한테 전화해 사과할 것 같아 안심했다. 어쨌거나 산막골이 문제였다. 거기서 귀신이라도 씌어 온 것인지 북자 이모는 더 이상 미형이 알던 그 북자 이모가 아니었다.

"토요일이고 하니 안동까지 같이 내려가 줄게."

궁여지책 끝에 나온 소리였지만 버스 타고 가면서 이야기를 나누다 보면 그럭저럭 기분이 풀어질지도 몰랐다. 북자 이모와 함께 보내는 시간이 마지막이라고 생각하면 아쉽고 초조했다. 미형은 터미널로 가는 마을버스에 올랐다.

산막골에서 무슨 일이 있었는지 궁금했지만 제대로 말해 주는 사람은 없었다. 미형이 들은 것은 외할아버지는 이미 일 년 전에 산막골로 돌아왔다는 것이고 북자 이모와 외삼촌들이 산막골로 찾아간 며칠 뒤 외할머니가 부랴부랴 한국으로 들어와 산막골에서 외할아버지와 만났으나 하루 만에 서로 등을 진 채 갈라섰다는 사실이다. 외할머니는 대전 큰이모 댁으로 갔고 외할아버지는 큰외삼촌이 모셔갔다. 미형의 부모는 호주에 여전히 남아 있는 채였다. 그만 돌아오면 안 되느냐는 미형의 요구를 엄마는 철없는 응석으로 받아들이는 눈치였다.

"여기 식당을 놀릴 수는 없잖니. 단골손님에 대한 예의도 아니고."

"지금 예의라고 했어, 엄마가?"

거기까지만 대들 수 있는 것이 미형이었고 엄마는 거기까지 대들어서는 결코 자기 문제를 깨닫지 못하는 사람이었다. 그 시차를 느낄 때마다 미형은 마음이 아팠다. 더 오랫동안 이렇게 살아야 하는지도 모를 일이라면 미형이 자신의 모습을 바꾸는 것 말고는 방법이 없는 게 아닐까. 이른 나이지만 혼자 살아가는 것을 받아들여야만 할 것 같았다. 마음만 먹는다면 불가능하지는 않으리라. 엄마는 자신의 엄마로부터 자신을 분리하지 못했지만 미형은 아니었다. 이미 배 속에서부터 엄마의 것이 아닌, 다른 막에 감싸여 자궁 밖으로 흘러나온 느낌이다. 북자 이모가 얼음물을 미형에게 건네며 마시라고 했다.

"외할머니 외할아버지는 황혼 이혼이라도 할 생각이야?"

"그러게."

사실 걱정이 앞선다기보다는 왠지 모르게 기가 죽는 느낌이었다. 깊은 장롱이나 다락방 같은 데 숨어 나오고 싶지 않았다.

괜찮다고 우기는 북자 이모를 따라나서면서도 거기에 관해 또렷한 이야기를 들을 수 있을 것이라는 기대는 하지 않았다. 작은 위로라도 나누면 다행이었다.

터미널에서 햄버거로 점심을 때우고 버스에 앉았을 때 북자 이모가 정말 안동까지 갈 생각이냐고 물었다.

"난 산막골 연가의 내막을 들어야 하거든."

북자 이모는 조금씩 고개를 끄덕이더니 "어차피 알게 될 일."이라고 했고 잠시 뒤에는 "외할머니 외할아버지 후손이라면 반드시 알아야 할 일이기도 해."라고 했다. 드디어 비밀창고가 열리나?

북자 이모는 좀 엉뚱한 이야기부터 꺼냈다.

"아프리카 어떤 곳에서는 사내아이가 태어나면 장자만 아버지 성을 물려받고 나머지 아들들은 새로운 성을 만들어 사용한대. 말하자면 최초의 남자가 되는 거야."

"단군 할아버지 같은?"

"그렇지."

외할아버지 추추는 나라를 세우는 마음으로 가족을 꾸리려고 했지만 외증조할아버지로부터 허락을 받을 수 없었다. 최초의 남자는커녕 평범한 가족이 되기도 힘들었다. 미형은 오래전 산막골에서 있었던 일을 자세히 말해 달라고 했다.

"외할머니가 고등학교 때 정치 운동에 참여한 것 때문에 쫓기는 신세가 되었어. 산속으로 숨어들 수밖에 없었지만 식구들은 의심을 살까 봐 집을 비우고 따라나서기가 힘들었지. 그렇다고 여학생을 산 중에 혼자 보낼 수도 없는 일이고… 외증조할아버지는 궁여지책으로 집에서 부리던 믿을만한 머슴을 딸려 보낸 거야…."

"그 믿을만한 머슴이 외할아버지였다는 건 나도 알아."

"응. 소년과 소녀는 두 계절을 산속에서 함께 보냈다는구나."

"큰외삼촌이 생긴 게 거기였다고 하던데?"

"맞아."

"그런데 호랑이 담배 피우던 시절의 그 일이 네버엔딩 스토리인 거야?"

"응."

"왜?"

"어느 날 그 골짜기에 바람이 심하게 불었다고 해. 쳐놓은 바람막이가 흔들리고 부엌문을 닫아놓았지만 벽에 걸어놓은 양은냄비가 떨어질 정도로… 세상의 귀신이란 귀신은 다 몰려온 것 같았대."

"무서웠겠다."

"응."

"무서워서 둘이 꼭 껴안은 거야?"

"아마도."

"누가 먼저 껴안은 건데?"

"난 그냥 두 분이 목소리를 들었다고 고백하는 걸 들었어."

"목소리?"

"소녀는 소년이 부르는 소리를 들었고 소년은 소녀가 부르는 소리를 들은 거야."

"그래서?"

"뭐 여차여차 달려가 서로 껴안아 버린 거지."

"무서워서?"

"무서워서."

"무섭네."

"무섭지."

"어이구."

"그렇게 해서 결혼하게 된 거야. 외증조할아버지가 반대하셨지만 큰외삼촌이 생겼으니 어쩔 수 없었던 거지. 그런데 함께 살면서 그 기억이 조금씩 변한 것 같아."

"마음이 변한 게 아니고?"

"응?"

"마음이 변해서 기억도 변한 거 아니야?"

"……그런가?"

"이야기나 마저 하셔."

"말하자면 거기서 있었던 일에 대해 두 사람의 주장이 달라진 거야. 외할머니는 문을 두드리니까 열어 주기는 했으나 그것이 모든 것을 허락한다는 의미는 아니었다고 했고, 외할아버지는 주인집 딸이 부르니까 안으로 들어갈 수밖에 없었다는 거지."

"헐… 진실은 뭔데?"

"모르지."

"바람 탓이라는 거야?"

"어쩌면."

"답답하네."

"외할머니에게는 지금도 그날의 그 일이 계속 문제로 남아 있는 것 같아."

"외할머니로서는 외할아버지가 억지로 그랬다는 거야?"

"응."

"헐."

"외할머니는 그때의 진실을 큰외삼촌한테만은 이해받고 싶어 몇 번이나 기회를 노렸어. 큰외삼촌은 바람 부는 언덕에서 태어나 법을 대신하게 된 사람이잖아."

"아."

"큰외삼촌이 그런 고백을 하려고 하는 외할머니를 어떻게 대했을 것 같니?"

"아마도, 보나 마나…."

"맞아. 외할머니 마음을 알아주기는커녕 나무라기까지 했던 것 같아. 사실 다 늙은 부모가 과거 일을 들고나와 문제 삼는 걸 이해할 수 있는 자식들은 많지 않거든. 나도 그랬으니까. 넌 이해가 가니?"

"내가 그걸 꼭 이해해야 해?"

"응?"

"난 그냥… 그건 두 분의 일인 거잖아."

"그렇긴 하지."

"내가 그런 것에 관해 깊이 생각할 능력이 없기도 하고."

"바람이 부추겼든 아니든 그날의 그 일로 인해 한 가족이 탄생해 수십 년을 지탱해 왔는데 어느 날 갑자기 그 일이 처음부터 잘못되었던 거라고 한다면 우리는 어째야 하는 거지?"

"지금 나한테 물어보는 거야?"

"응, 뭐."

"외할아버지한테 지금이라도 사과할 의향이 있으신지 물어볼 필요는 있을 것 같아. 억지로 떠미는 것보다 의향이 있는지부터 물어보는 거지."

"외할아버지는 사과할 의향이 없대."

"체면 때문에?"

"체면도 체면이겠지만 그것이 자유로운 의사결정이었다는 것을 부정하고 싶지 않으신 거지. 그걸 부정하면 외할아버지의 전 인생이 무너져 내리니까."

"치, 산막골에서 무슨 일이 있었건 우리 외할머니고 외할아버지라는 사실은 변함이 없는데."

"그러니까."

"속상해."

"나도. 두 분 만날 때마다 속상하다고 반복해서 말씀드리자."

"응."

하이 파이브를 주고받았지만 북자 이모의 손에서는 힘이 느껴지지 않았다. 희망이 없다고 보는 건가?

"내 친구가 읽은 책에 이런 말이 나온대. 집은 자기가 가고 싶은 곳을 향해 날마다 조금씩 걸어간다고."

"《워킹 하우스》지?"

"읽었어?"

"어쩌다가."

"그러니 집이 자기가 가고자 하는 방향으로 가도록 그냥 내버려 두자."

"그래."

"사실 나도 가끔 궁금한 게 있었어. 할머니는 우리 엄마의 강력한 안티인데 왜 우리 집 일을 도와주는 걸까?"

"응?"

"그 집에 사는 사람을 다 마음에 들어 하지 않으면서 어떻게 도와줄 수 있는 거지?"

"그러게."

"지금도 이해가 안 가."

"할머니는 너희 엄마나 아빠, 혹은 너를 도운 게 아니라 집을 돕는다고 생각한 게 아닐까?"

"뭐가 다른데?"

"좀 모순이지?"

"심하게 모순이야."

"사실 이런 이야기는 다 부질없어."

"왜?"

"주변에 도움이 필요한 사람이 생기면 무조건 돕고 보더라.

따지지 않고."

"누가?"

"사람들."

"에이, 설마."

바람이 불어오는 곳

미형은 북자 이모와 나눈 대화를 곱씹어 보면 볼수록 모순투성이라는 생각이 들었다. 집의 마음과 그 집에 사는 사람의 마음이 어떤 함수관계에 있는지도 정확하지 않았다. 특히 집을 무조건 도와야 한다는 말에는 고개를 갸웃거리지 않을 수 없었다. 집이라고 언제나 좋은 마음만 먹으리라는 법이 있나. 어른들도 사소한 일로 마음이 무너져 내릴 수 있다는 사실을 알았을 때는 더더욱 그런 생각에 시달렸다. 미형의 외할머니 역시 큰외삼촌을 자기편으로 끌어들이려다 실패하자 난데없게도 칼 이야기를 지어내 퍼트리지 않았는가. 얼마의 시간이 흐르고 나자 지어낸 이야기는 산막골 연가의 배꼽 자리를 가리키는 결과로 이어졌다. 배꼽 같은 것은 남 앞에 영원히 모습을 드러내지 않아도 되는 것인데 말이다. 집이 죽는 꼴을 보지 않으려면 가족 한 사람 한 사람이 정신을 바싹 차리는 수밖에 없다. 미형이나 연주 같은 아이들조차도 말이다. 미형은 그런 생각을 하면서 학교로 걸어가고 있었다.

"공사도 끝났는데 뭐가 그렇게 심각하냐?"

뒤에서 부르는 소리가 들려 돌아보니 연주가 중간 크기의 상자를 껴안고 낑낑대며 걸어오고 있었다.

"이것 좀 받아."

웬일로 말을 걸어오나 싶었더니 제 짐을 같이 들자는 속셈이 아닌가. 이웃사촌에다 같은 학교 친구이니 억지로라도 도와야겠지만, 미형은 그러기 싫었다. 게다가 우연히 마주치더라도 아는 척하지 말자던 게 누구였더라.

"받아 봐."

연주는 상자를 땅에 내려놓더니 프라이팬과 휴대용 가스레인지를 꺼내 미형에게 안기고는 다시 상자를 들었다. 미형은 즉각 반발했다.

"이걸 나더러 들고 가라고?"

"부탁해."

"내가 왜?"

"너무 무거워서 내던질 뻔했다니까."

"그게 나랑 무슨 상관인데?"

"좋은 말 할 때 번쩍 들어 주실래요?"

오늘 음식을 해 먹으면서 반 단합대회를 하기로 한 날인데 도구를 가져오기로 한 애가 약속을 어기는 바람에 혼자 덤터기를 쓰게 된 거라며 저희 반도 아닌 미형을 압박했다.

"뭐라고 연락이 왔는지 아니? 학교에 도착해서야 프라이팬 깜빡한 걸 알았단다. 또 한 애는 아침에 집 안을 뒤졌지만 휴대용 가스레인지가 없더라나. 이것들 나 골탕 먹이려고 짠 것 같지 않니?"

"됐고, 나 먼저 간다. 못 들어 줘서 미안."

프라이팬과 휴대용 가스레인지를 곱게 내려놓고 막 신호가 바뀐 횡단보도를 향해 잽싸게 걸어갔다. 길을 다 건널 즈음 와장창창 소리가 들려 돌아봤더니 밑구멍 빠진 상자를 든 연주가 도로 한가운데서 쩔쩔매고 있었다. 프라이팬과 휴대용 가스레인지가 여기저기 흩어져 있었다. 사고 안 난 게 다행이었다. 그 사이 신호는 바뀌었고 출근길 운전자들은 인정사정 두지 않고 자기 갈 길만 갔다.

"너무들 하네."

미형이 어정쩡하게 서서 어쩔까 하는데 연주의 악쓰는 소리가 들려왔다.

"야, 빨리 뛰어와서 이거 못 들어?"

"어이쿠, 뉘에뉘에."

하릴없이 도로 한복판으로 돌아갔다.

"집 앞에서 버스 타려다가 되짜 맞았단 말이야. 이것 때문에 택시 탈 수는 없는 일이잖아."

고마워하기는커녕 나무라는 말투였다. 미형은 고까운 마음에 프라이팬과 휴대용 가스레인지만 챙겨 들고 돌아서다가 바로 앞에서 브레이크를 밟는 자가용 때문에 혼비백산했다. 하마터면 아침부터 무릎 나갈 뻔했다.

서둘러 인도에 도착했을 때 약 올리듯이 파란불이 들어왔다. 그랬는데도 빵빵거리는 운전자가 있어 분통이 터졌다.

"꼭 저렇게 위험한 세상 속으로 나를 끌어들여야겠니?"

"어떻게 저렇게 위험한 세상에 나 혼자 버려두고 갈 수가 있는 거니?"

"닥쳐."

미형은 그 자리에다 프라이팬과 휴대용 가스레인지를 내려놓고 가려다가 저만치로 아는 후배가 지나가는 게 보여 참았다. 연주가 뭐라고 되지도 않게 소리를 질러대면 미형만 망신당할 게 뻔했다. 미형이 프라이팬과 휴대용 가스레인지를 맡고 연주가 밑구멍 빠진 상자를 추스르고 나자 걸음걸이와 분위기가 안정되었다.

어쨌거나 연주 덕에 공사는 무사히 끝났다. 북자 이모 말마따나 친구에게 극비 정보를 넘겨서라도 문제가 원만히 해결되도록 돕는다는 것은 마음이 여간 순수하지 않고서는 불가능한 일이겠지. 그렇게 손해를 본 덕에 고통에서 벗어나게 된 것은 연주 자신이다.

"뭐 하나 물어봐도 돼?"

"냉큼 물어보도록 하여라."

또 아씨와 하녀 버전인 거야? 미형은 침을 꼴깍 삼키고 호흡을 가다듬었다.

"연주 너, 너희 가족보다 나를 더 좋아하지?"

"무슨 소리야?"

"말 안 해도 다 알아."

"아침부터 웬 헛소리?"

"헛소리?"

연주는 미형의 표정을 들여다보더니 알겠다는 듯 고개를 끄덕였다.

"너 지금 우리 사이의 우정을 회복하고 싶은 거구나?"

"헐."

정곡을 찔린 느낌. 연주가 일갈했다.

"꿈 깨라."

하마터면 왜? 라고 반문하여 속내를 드러낼 뻔했다.

'침착하자, 침착해.'

미형은 속으로 마음을 다잡았다. 정신을 차려야 자백을 받아낼 수 있다. 미형이 원하는 것은 우정의 회복보다는 우정을 회복하고 싶다는 연주의 자백이었다.

"안 그럼 너희 집에 불리한 정보를 왜 나한테 투척한 거야?"

"투척이라니, 내가 너한테 수류탄이라도 던졌다는 거니? 입은 삐뚤어져도 말은 바로 하랬다고, 너희 집에서 더러운 오수를 우리 집으로 투척했던 거잖아."

"헐."

그냥 앞으로 사이좋게 지내자고 한마디 거들면 될 걸 꼭 저렇게 삐딱하게 나와야 하나. 미형은 걸음을 멈추고 프라이팬과 휴대용 가스레인지를 연주가 안은 상자 위에다 거칠게 얹어놓았다. 더는 말 섞고 싶지 않았다.

연주가 지나가던 학생회 소속 후배들을 불러 도움을 청한 것은 그때였다. 사실은 도움이 아니라 명령이었다.

"이것들 우리 교실로 좀 갖다 놔 줘."

"네."

연주 명령이 떨어지자마자 다른 애들까지 몰려와 상자와 프라이팬을 챙기더니 연주네 교실을 향해 새끼캥거루처럼 달려갔다. 걸어가도 되는데 막 뛰어갔다. 뭔가 말로 표현하기 어려운 불쾌감이 밀려왔다. 거짓말쟁이 똥연주의 행동은 명백한 갑질이었다. 세상은 갑질하는 사람을 벌주느라 오늘도 분주한데 우리 학교 2학년 똥연주는 여전히 후배들을 좌지우지하며 갑질을 즐기는 중이다. SNS에 확 까발려 버려?

그때 연주가 다가와 안 그래도 씁쓸해진 미형의 염장에 불을 질렀다.

"그나저나 무허가한테 10만 원은 왜 보내 준 거야?"

"야, 그건 너희 엄마가…."

순간 연주는 오른손을 내밀면서 단호하게 미형을 가로막았다. 너희 식구 손으로 직접 번호를 눌러 송금해 놓고 누구 탓을 하느냐며 난리였다. 그래도 무허가 아저씨가 몇 시간 501호로 와서 이것저것 일을 봐주고 아는 척했으니 단돈 10만 원이라도 보상을 해 줘야 하는 거 아니냐고 말한 것은 연주 엄마였다. 뒤이어 무허가는 계좌번호를 북자 이모 휴대 전화로 찍어 보냈다. 호주로 연락해 상황이 이러한데 어떻게 처리했으면 좋겠느냐고 물었더니 미형 엄마가 더러우니까 그냥 주라고 해서 보낸 10만 원이었다. 그런데 그 책임을 미형에게 덮어씌우다니. 기가 막혀

어리벙벙한 사이 결정적인 한 방이 더 날아왔다.

"너희 그렇게 돈 많은 집도 아니잖아. 10만 원 벌려면 아르바이트를 몇 시간이나 해야 하는지 아니? 누가 뭐라고 해도 줄 필요가 없는 돈은 안 줘야 하는 거야. 알아?"

순간 연주가 알고 한 말이든 모르고 한 말이든 미형의 자존심에 깊은 상처가 났다. 많은 것이 엉망진창이 되었는데도 미형의 부모는 식당 문을 닫을 수 없다는 핑계로 여전히 돌아오지 않고 있었다. 돌이켜 보면 그런 이야기를 연주한테 털어놓지 않은 것은 얼마나 다행인가. 성격상 미형은 비공개 2인 카페에 얽힌 사연을 단 1%의 거짓도 없이 탈탈 털었을 것이다.

다행히 연주 말에도 결점이 있다는 것을 깨달았다.

"똥연주! 나한테 덮어씌우지 말고 정말 아니라고 생각하면 너라도 들이박아, 302호 따위!"

"달라고 한다고 주는 게 문제라니까."

"부당한 청구가 더 문제야."

자신의 문제는 그대로 둔 채 상대방에게 책임을 덮어씌우는 동안 1교시를 알리는 종소리가 흘러나왔다. 얼른 교실 쪽으로 돌아서려는데 연주가 미형의 팔을 잡았다.

"잠깐!"

종 친 것 가지고는 눈도 깜짝 않는 표정이었다.

"오늘 짐 들어 줘서 고맙다."

"칭찬이냐?"

"당근."

미형은 얼른 건물 현관으로 들어갔다. 연주도 같은 방향으로 따라왔다. 2층에 이르러 서로 반대편으로 갈라져야 할 순간이 왔을 때야 미형은 적당한 말을 찾아낼 수 있었다.

"명령하지 않았는데도 알아서 정보를 빼내 보고하다니, 넌 완벽한 스파이였어. 굿!"

양손 엄지척은 마침 북자 이모로부터 문자 메시지가 날아오는 바람에 생략되었다. 미형은 급한 일인 척 얼른 돌아섰다.

방금 외할아버지와 외할머니가 산막골을 향해 출발했다고 연락 왔어.

다시 한번 대화해 볼 생각인가 봐.

미형아, 바람이 불어오고 있어. 따뜻한 바람이.

그냥 오, 라고만 답을 보냈지만 다분히 저만치 걸어가고 있는 연주를 의식했던 참이라 "앗싸."라고 기분 좋게 소리쳤다. 오버는 아니었다. 바람이 중간에서 멈추면 어쩌지 걱정할 필요도 없었다. 커다란 집 한 채가 오늘도 쉬지 않고 걸어간다는 사실이 중요하다. 집은 뒤뚱뒤뚱 걷다가 필요한 순간이 되면 달리거나 점프를 할 것이다. 그러다 보면 언젠가는 산막골 그 비탈진 언덕길을 지나 다른 세상으로 건너가게 되지 않을까. 비록 외할아버지나 외할머니 중 한 분은 잠깐 뒤처지는 한이 있더라도 말이다.

더구나 연주는 미형 앞에서 모든 것을 탈탈 털었지만 미형은 아무 이야기도 하지 않았다. 무엇보다 그 점이 마음에 들었다.

"이젠 길에서 만나도 나한테 말 걸지 마."

등 뒤에서 연주가 알을 깠다. 미형도 힘껏 받아쳤다.

"누가 할 소리!"

글을 읽고